Karlheinz Kluge · Die Heimkehr der Jäger

Karlheinz Kluge

Die Heimkehr der Jäger

Drey-Verlag

Spanknabels Gesetz

Nicht aus. Aber vorbei. Die Sache war gelaufen. Ein neues Spiel, ein neues Glück. Der Ruf eines Anreißers vor der Losbude. Mehr fiel mir in diesem Moment nicht ein. Die Themen für die Diplomarbeiten und die wenigen Laborplätze waren verteilt. Das Sommersemester, hatte Tasch zum Schluss seiner Vorlesung gesagt, würde für die meisten von uns ohne Überraschung enden, und ich wusste ziemlich genau, worauf er abzielte. Ich hatte meine Prüfung erneut verschoben. Und während er dort unten am Pult seine Hefte in die Tasche packte, saß ich noch immer da und säuberte meine Fingernägel mit dem Leseausweis, als stünde eine Prüfung im Fach Maniküre kurz bevor. Aber weil es mein Namen war, der auf jenem lächerlichen Plastikkärtchen stand, beglaubigt durch den Strichcode, konnte es sich um keine Verwechslung handeln: Ich war ich. Georg Zindel, Student der Meteorologie.

Den ganzen Juli über hatte es nicht geregnet. Als ich Musah und Henschke vorschlug, für ein paar Tage nach Nordhausen zu fahren, um meine Versuche durchzuführen, da hatten beide sofort eingewilligt. Das Gebiet am Brocken, sagte Musah, sei immer gut für ein Gewitter, trotz Hexentanz und Roßtrappe. Er kannte sich aus, hatte Ethnologie studiert, einen Aufsatz über die Wetterkreuze in Simbabwe veröffentlicht, und, das war wirklich entscheidend, er war Tutor gewesen, bei Purushot Walawalker, dem indischen Volkskundler aus Göttingen, den sie Hyäne nannten. Walawalker wollte in Nordhausen

eine Außenstelle einrichten und brauchte ein paar Helfer. Um die Vorrichtungen und Messgeräte zu transportieren, hatten wir einen Möbelwagen gemietet. Als Henschke die Kaution bezahlte, sagte er, am Geld dürfe die Wissenschaft nicht scheitern. Und schon da ahnte ich, dass ich das ganze Unternehmen hätte abbrechen sollen. Vielleicht hätte ich mir noch einmal ein anderes Thema für meine Arbeit gesucht, vielleicht auch nicht. Und Henschke, der auch nichts zu verlieren hatte, wäre wieder im Labor gesessen, hätte Tabellen erstellt und Fulgurite durchgemessen, winzige Sinter, seltsam geformte Würmer oder Röhrchen, die entstehen, wenn ein Blitz in den Sand schlägt und die Hitze die Körner zerschmilzt; ein Vorgang, der nur unzureichend mit dem Rechner simuliert werden kann. Es war die Fleißarbeit eines Imkers; der Ertrag fiel seinem Professor zu. Wer Gewitter erforscht, sagte der, hat seine Angst schon begraben.
In der Nacht vor der Abreise hatte ich kaum geschlafen. Ich war in der Küche gesessen, um in Spanknabels Buch noch einmal das Kapitel über die Fehlerquellen bei Versuchen im freien Feld zu lesen. Inzwischen konnte ich ganze Passagen auswendig. Daran musste ich denken, während wir südwärts fuhren. Musah studierte die Karte, Henschke steuerte den Wagen, und vor uns, dicht über der Frontscheibe, wippten auf einer Schnur die Vereinswimpel der deutschen Fußballbundesliga, aufgereiht nach dem Tabellenrang. Die Absteiger der Saison 1990/91 hatte jemand, vermutlich mit einem Feuerzeug, aus Wut oder Enttäuschung bis zur Unkenntlichkeit verschmort; drei blasig glitzernde Klümpchen, die an unreinen Bern-

stein erinnerten. Mit dem Finger hatte ich sie angestoßen und in Schwung gebracht, als könnte ich ihnen eine bestimmte Melodie entlocken, die überging in ein Lied, das von dem erzählte, was sich in Spanknabels Buch nicht fand. Zum Beispiel den Geschmack, den die vom Blitz Getroffenen zu empfinden glaubten; Benzin, das sich geleeartig verdickte zu einem Pfropf, im weit aufgerissenen Mund. Aber davon berichtete Spanknabel nicht. Er hatte seine Angst auch nur begraben; genau wie Henschke.

Ich schaute nach hinten in den Laderaum, wo die Messgeräte standen.

Im Harz, sagte ich zu Henschke, gebe es keinen Sand, sondern Felsen und Bäume; er werde sich umstellen müssen, ohne seine Tabellen und das Mikroskop.

Er beschleunigte den Wagen, und die verschmorten Klümpchen pendelten schneller, begannen zu vibrieren.

„Ob die Geräte noch taugen“, erwiderte er, „wird sich bald herausstellen. Der Hausmeister im Institut war froh. Er hätte das Zeug im Herbst zum Sperrmüll gestellt.“

Vielleicht war es eine kleine, dumme Lüge; vielleicht wollte Henschke sich auch nur wichtig machen. Aber wären die Geräte eines Morgens am Straßenrand gestanden, ich hätte sie sofort abgeholt, stückweise zerlegt, in einem klapprigen Bollerwagen.

Es waren zwei alte Oszillographen, die Kamera von *Walter & Chevallier,* mit der man selbst einen Elektrokrümel am Himmel nachweisen konnte; die Windmesser und die Fallrohre für den Regen; Panzerglasscheiben, bespannt mit chilenischem Kupferkabel, und schließlich der Strah-

lenkranz. Es waren Geräte, übel zugerichtet durch Versuche, von denen inzwischen niemand mehr sprach.
„Den Kranz“, sagte ich zu Henschke, „erkennst du nicht wieder. Ich habe ihn gestern abend noch poliert; er ist sauber, aseptisch wie Operationsstahl.“
Henschke wehrte ab, sagte, ich könne den Kranz auch vergolden, es nütze nichts: Was nach dem ersten Einschlag davon übrig bleibe, sei wahrscheinlich nur teurer, geschmolzener Dreck.
Zugegeben, es war eine simple Konstruktion, dieser Blitzableiter für Wanderer und Bergsteiger, entwickelt im April 1944 von Joachim Pasch, meinem künftigen Prüfer. Aber ich war mir sicher, dass der Strahlenkranz seinen Zweck noch immer erfüllte; und um das zu beweisen, hatte ich ihn als Thema für meine Abschlussarbeit gewählt.
Musah hatte sich eine Fahrtenschreiberpappe auf den Zeigefinger gesteckt und langsam gedreht, als könne er die violetten Kurven beschwören – denn unter einem guten Stern, das ahnte auch er, stand unsere Exkursion nicht. Die Wetterkreuze in Simbabwe, geschmückt mit Wolle, Kupfermünzen und abgeschlagenen Vogelköpfen, oder das Blatt einer Sense, eingegraben auf einem Feld in der Osternacht – die Geschichte des Blitzschutzes, hatte er später gesagt, sei kaum erforscht, müsse noch geschrieben werden; doch der Strahlenkranz gehöre dazu. Dann war er eingeschlafen, und ich hatte im Radio den Wetterbericht abgehört. Ein Hochdruckgebiet lag über Mitteldeutschland, mit der Neigung zu schweren Gewittern. Es waren die idealen Bedingungen für den idealen Versuch,

wie sie Spanknabel in seinem ersten Gesetz formulierte.
Am späten Nachmittag kamen wir in Nordhausen an. Der indische Professor hatte uns an einem Kiosk, nahe der Kirche Sankt Blasien, eine Nachricht hinterlassen. Die Außenstelle des Instituts, schrieb er, ein ehemaliges Landschulheim, sei noch nicht bezugsfertig; er wohne im *Pudelkasper.*

Das Gasthaus mit seinen Stallungen und einer ziemlich verfallenen Scheune lag in einer Senke im Wald, und als Henschke den Wagen geparkt hatte, waren wir noch eine Weile sitzen geblieben, unsicher, ob wir uns nicht doch verfahren hatten. Es war Musah gewesen, der das Emailschild mit dem schwarzen Pudel entdeckt hatte. Der Hund trug ein Reifröckchen und auf dem Kopf ein Barett mit bunten Bändern; den Schaum, der aus seinem Bierglas flockte, schien er mit der Zunge aufzufangen.

Es gab einen Garten mit Apfelbäumen, in dem Tische standen; Gäste waren nicht zu sehen. Musah und Henschke gingen voraus, während ich, noch unentschlossen, über den Hof streifte. Hinter einem Stapel Brennholz hatte ich die Hose geöffnet, um mein Wasser abzuschlagen, als mir jemand auf die Schulter tippte. Erschrocken klemmte ich ab und verstaute zwischen Hemdzipfeln. Vor mir stand Purushot Walawalker. An seiner Weste steckte der brennende Speer, die Nadel der *Strausberger Gesellschaft für Völkerkunde.* Der Professor musterte mich, zeigte auf meinen kleinen Rucksack und sagte:

„Schicken sie uns jetzt schon Kinder?“

Ich antwortete, ich wisse nicht, wovon er rede. Er fragte:

„Bist du nicht einer von Stadlers Leuten; der, den sie mir als Aushilfe versprochen haben?"
Ich verneinte, sagte, ich sei Student, einen Stadler oder Nadler kenne ich nicht. Und dann erzählte ich von meinen Versuchen, die ich mit dem Strahlenkranz durchführen wollte.
Walawalker stöhnte.
Studenten, sagte er, gebe es inzwischen zu viele; meist handle es sich um Gesocks, das sich herumtreibe und nicht arbeiten wolle; weder mit den Händen, noch mit dem Kopf.
Ich hatte meine Hose erneut geöffnet, und mit einem leichten Schwenk ließ ich den Strahl gegen das Holz pritscheln; der Inder musste zur Seite treten.
Wir waren über den Hof gegangen, und Walawalker begann von einer Dienstreise zu erzählen, die unmittelbar bevorstünde. Ich wollte nachfragen, wurde aber unterbrochen vom Quieken einer Sau, das sich rasch steigerte, aber auch rasch wieder verstummte. Als der Inder mich fragte, ob ich mit hinüber zum Stall komme, beeilte ich mich nicht. Ich hätte, sagte ich ihm, der mich jetzt am Ärmel zog, als Kind genug Hausschlachtungen erlebt; Bolzenschuss und Metzelsuppe böten keine Geheimnisse mehr.
Im Stall brannte nur eine verdreckte Birne, aber ich sah sofort, dass hier kein Tier geschlachtet werden sollte, wenngleich der Mann, der neben der Sau kniete, eine schwarze Gummischürze trug. Mit einem Büschel Putzwolle, farbiger Lumpenware, rieb er zwei Ferkel trocken. Dann schaute er zu uns herüber und sagte, es gehe nicht

voran, der Wurf klemme; wer helfen wolle, müsse sich die Nägel schneiden; eine Schere liege im Eimer.
Wir waren näher getreten, und die Sau, mit den Vorderbeinen festgebunden am Koben, begann wieder zu brüllen. Der Mann fuhr ihr mit der rechten Hand in den zuckenden Hintern, ging tiefer, suchte, schob zurecht, stemmte sich gegen das Tier, das auswich, vor Schmerz und Ungeduld, sodass er auf den Knien mitgeschoben wurde, als hinge er im Stutzen einer Pumpe.
Kein Tierarzt im Kreis, fluchte er, alle fortgemacht in den Westen.
Die Welle ebbte ab, er hatte sich befreit aus dem krampfenden Loch, und begrüßte uns: Rudolph Neubert, der Wirt des *Pudelkasper.*
Der Stall war seit langem nicht mehr ausgemistet worden; Streu fehlte, und der Kot, erstarrt in Wellen und Inseln, bedeckte den Boden, eine Art Lava, die auch einen Bettrost mit Sprungfedern, der in einer Ecke lag, festgemörtelt hatte. Ich fischte die Schere aus dem Eimer, und schnitt, links ungeschickt, die Nägel an beiden Händen.
Eine Frau trat ein und goss kochendes Wasser nach.
Sie heiße Alice, sagte sie, Krankenschwester vom Orden der Schwestern der Barmherzigkeit, kurz *Sisters Of Mercy.* Wenn nicht sofort etwas geschehe, würde die Sau verrecken, sei tot, mulo, ein Wort, das, obwohl nur schwer vorstellbar, vielleicht eine Steigerungsform von tot bedeutete.
Ich sei, antwortete ich, weder Tierarzt noch Sanitäter, aber, und jetzt wurde ich leiser, denn ich sprach von

etwas, das ich noch nie gesehen hatte, mit einer Spiralfeder könne die Sau und der Wurf gerettet werden.
Die Schwester verstand sofort. Mit einer kleinen Zange, die sie aus einem Schweizer Offiziersmesser klappte, schnitt sie eine Feder aus dem Gestell, und tauchte sie ins heiße Wasser.
Wieder begann die Sau zu brüllen, versuchte sich zur Seite zu wälzen, wo ihre beiden Ferkel lagen. Walawalker, ein wenig bleich geworden, hatte die beiden Tiere auf den Arm genommen, ließ sie an der Ehrennadel schnüffeln, als handle es sich um eine Trüffel.
Es war nicht schwierig gewesen, die Spirale einzuführen. Vielleicht ahnte das Tier, dass ihm Erleichterung verschafft werden sollte, als ich, wie mit einem zu groß geratenen Korkenzieher, zu drehen begann, bis ich Widerstand spürte, und mir schien, als pulsiere ein feiner elektrischer Strom in meine Hände. Ich sah die Ferkel auf dem Arm des Inders, schloss gleichfalls die Augen, dachte an das Gekröse, das ich möglicherweise herausreißen würde, während der Wirt und die hilfreiche Schwester sich bereits gegen die Flanken des Tiers pressten. Dann, und es waren sicher nur ein paar Sekunden verstrichen, begann ich zu ziehen, spürte die Wärme der Feder, die sich dehnte. Stärker, wurde gerufen, stärker, und nur das Geräusch einer verstopften Toilette, die dem Unterdruck nachgibt, verwirrte mich in diesem Moment, schien nicht passend, wurde aber sofort übertönt vom Schreien der Sau.
Das Ferkel, das ich herausgezogen hatte, war nicht zu hören gewesen: Meine Stahlfeder hatte sich tief in sein rechtes Auge gebohrt, das blutig ausgelaufen war.

Die Vorspannung eines Gewitters entspricht immer den Entladungen seiner Blitze. Ich war aufgestanden, hatte das Ferkel liegen gelassen. Der Draht, diese Kopfantenne, vibrierte noch ein wenig, doch die abgefeuerten Impulse wurden schon schwächer, fielen schließlich ganz aus. Walawalker hatte mich nach draußen begleitet, wo Henschke und Musah warteten. Gemeinsam gingen wir hinüber zum Gasthaus.
Mein Einstand, sagte der Inder, müsse gefeiert werden; dann öffnete er die Tür.
In der Küche wusch ich mich. Neben dem steinernen Ausguss hingen Handtücher, darüber ein Vorhang mit einem gestickten Spruch: „Ehrt eure deutschen Meister, dann bannt ihr gute Geister." Die Töpfe an den Haken, die Kästen mit Besteck, die Schöpfkellen und das Wachstuch auf dem Tisch – alles war sauber und gepflegt, als hätte eine Elfe mit ihrem Zauberstab klingelnd Ordnung geschaffen.
Aus der Schankstube erklang Gelächter, und Musah fragte, wo die Fernsteuerung für den Pudel sei. Er solle endlich über den Tresen tanzen und Bier ausschenken. Jemand hatte das Radio eingeschaltet, suchte einen Sender, Polkamusik erklang. Das Stück hieß *Anneliese,* und es war der Inder, der mitsang. Dann, die Polka war zuende, ging er hinter den Tresen, um, wie er sagte, das Fass anzublasen, ein Verfahren, das ich bislang nur mit aufgebrochenen Tankdeckeln und dem Geschmack von Benzin in Verbindung gebracht hatte. Der Volkskundler presste das Mundstück einer Trompete an den Zapfhahn, blies hinein, öffnete ein wenig das Ventil, denn nur so konnte der

fehlende Druck der Kohlensäure in der Anlage ergänzt werden.
Es war ein schweres, polnisches Bier der Marke *żaba,* was Frosch bedeutet, und während ich mein erstes Glas leerte, geriet Spanknabel mit seinem Gesetz der vermeidbaren Fehler in Vergessenheit. Musah hatte sein Amulett, die alte Fahrtenscheibe, auf den Tisch gelegt und sein Glas darauf gestellt; die Nässe löste die violetten Kurven an, ließ sie verschwimmen, während am Himmel, als gebe es Zufälle, bereits der Abendstern leuchtete, Beschützer aller Exkursionen.
Alice und der Wirt waren eingetreten, wir hoben die Gläser mit dem Froschbier. Die Sau, erzählten die beiden, sei gerettet, habe noch fünf Ferkel geworfen, eins schöner als das andere. Der Klemmbolzen mit dem bösen Auge liege auf dem Mist. Prost!
Dann brachte der Wirt das Abendessen, stellte Dosenwurst, Brot und eine Flasche Korn, genannt *Nordhäuser Tinke,* auf den Tisch. Es war ein Hausbrannt, abgezogen mit einem Destillat, das nach Badesalz schmeckte, doch wir lobten ihn alle. Nach dem dritten Glas, sagte Alice, könne man sich eine Schusternadel durch die Zunge stechen, und ich überlegte, ob der Inder sich diese Übung ausgedacht hatte.
Es war noch warm, als wir zu unserer Nachtwanderung aufbrachen. Rudolph Neubert, der Wirt, trug jetzt einen blauen Overall, und, er hatte einmal kurz seine Stablampe eingeschaltet, eine Brille mit einem schweren, wie es schien, handgesägten Gestell. Die Gläser waren stark wie der Boden einer Colaflasche; dahinter schwammen, zeit-

lupenhaft träge, die Pupillen.
Einen Zaun mussten wir nicht übersteigen, nur die Zweige der Apfelbäume schienen sich inzwischen vergrößert zu haben. Wir liefen über eine sumpfige, ungemähte Wiese, und Henschke schimpfte leise, sagte, der Tau ruiniere seine Leinenschuhe. Musah pflichtete bei, murmelte, wir seien keine Pfadfinder, es klang wie Ratskinder; auch ihm machte der Schnaps schwer zu schaffen. Wir kamen an eine Fichtenschonung, liefen weiter, jetzt geduckt und hintereinander, eine Art Indianertrab, bis wir, es war nicht sofort zu erkennen, auf einer Lichtung vor einem Karussell stehen blieben. Sicher war es Neuberts Einfall gewesen, die Kinder sich hier oben vergnügen zu lassen, während die Erwachsenen im Wirtsgarten ungestört tranken. Von der Pracht des Karussells allerdings war nicht viel geblieben. Die Holzpferde, Feuerwehrwagen oder auf den Hinterbeinen stolzierende Pudel waren demontiert, der hölzerne Unterbau teils eingebrochen und mit Gestrüpp überwuchert.
Neubert machte sich an der Konsole des Karussells zu schaffen, öffnete ein Türchen, und gemeinsam zogen wir eine schwere Kiste heraus. Der Schein der Lampe glitt über einen Akku, hergestellt, laut Aufdruck, von *August Esch, Mannheim.* Außerdem gab es ein Überbrückungskabel, ummantelt mit schwarzem Kautschuk.
Jenes Kabel, sagte ich zum Wirt, hätte ich schon einmal gesehen.
Das sei kaum möglich, antwortete er, und rückte seine unförmige Brille zurecht. Bei dem Kabel handle es sich um eine Sonderanfertigung, genormt für reichsdeutsche

Stromstärke, ansonsten völlig ungebräuchlich.
Wir setzten unsere Wanderung fort. Musah und ich schleppten den Stromkoffer zuerst. Henschke fluchte. Seine teuren Schuhe hatte er ausgezogen, trug sie an Bändern um den Hals. Vielleicht war etwas von der verdünnten Schwefelsäure, die in dem Stromkoffer gluckerte, herausgespritzt.
Später, wir hatten uns eine Schneise durch ein Brennnesselfeld geschlagen, war der Wirt stehengeblieben, hatte sich umgedreht und seine vom Schweiß und Atemdampf beschlagene Brille geputzt. Wir schienen am Ziel zu sein. „Die Dinge", sagte er, „sind zäher als wir; sie fliehen nicht. Die Touristen, die zu uns in den Harz kommen, wollen den Brocken sehen, den Platz, wo die Hexen tanzen. Das ist alles, was sie interessiert."
Warum hatte er diese kurze Ansprache gehalten? Und warum hatte niemand gelacht? Ich schaute ihn an, diesen Schwarzbrenner, von dem ich annahm, dass er seinen Schnaps besser vertrug als wir, und jetzt sah ich, dass wir am Rand einer Mülldeponie standen, der Weg führte steil abwärts, wie der Anlauf einer Skischanze; die Brille des Wirts schien ausgerüstet mit Gleitgläsern für die Nacht.
Wir stiegen hinab in den Kessel, bahnten uns den Weg durch den Müll, eskortiert von Ratten, die sich entfernten und wieder näher kamen, vielleicht angelockt von der schwachen Strahlung des Akkumulators. Jetzt sei er sicher, flüsterte Henschke, dancing barefoot heiße unsere Mission; seine Füße blieben von Bissen verschont. Wir stolperten weiter, den Akku im Schlepp, Farbeimer, Kühlschränke, einen Tresor, Autos, gestaucht und gefleddert,

dann Gasherde mit Sprenkelemail umkurvend, aus denen, als sollten die Seelen der Selbstmörder gezählt werden, winzige Blasen Leuchtgas schwebten.
Wir hatten die Müllkippe längst hinter uns gelassen, aber jenes weiße Gas schien uns zu begleiten, stob weit voraus, und bedeckte den Boden wie Zucker. Alice lachte. Die Kristalle klebten jetzt auch auf unseren Haaren und Gesichtern, als seien wir rasch gealtert; nur die Wirkung des Schnapses blieb verheerend konstant.
Es war Anhydrit, ein feiner Gips, der hier abgebaut wurde, und jenes Wort hatte der Wirt ausgesprochen, als handle es sich um eine neuartige Droge, zeigte dabei auf ein paar rostige Fördergondeln, die abseits im Gestrüpp lagen, mit ausgerissenen Zähnen. Und weiter hinten, wo der Wald wieder anstieg, doch das konnten wir auch ohne die seltsame Brille erkennen, standen die stockwerkhohen Bagger. Dort waren, geschützt unter der Erde, – und ich verstand gut, trotz der Tinke, die das Hirn peitschte – die V2-Raketen gebaut worden, abgefeuert auf London. In einigen Wochen, fügte Walawalker hinzu, würden die Bagger den Berg abgetragen haben, konnte Wasser in die Bunkerstollen fluten und den Hort deutscher Ingenieurskunst für immer vernichten.
Mit dem Strahlenkranz und meinen Versuchen hatte das nichts zu tun. Das, und nichts anderes, wollte ich dem Wirt sagen, der mich unterbrach und forderte, ich solle die Gusche halten, staunen könne ich später. Abfangjäger, und jetzt lispelte er vor Aufregung, verwirrte deutsche Knechte würden hier nachts patrouillieren; sicher seien wir erst im Stollen. Dann hatte er die Lampe ausge-

schaltet und zwischen die Zähne geklemmt; ein Torpedokäfer, der sichernd tiefer in die Mulde kroch.
Es gab sie, die Stahltür; nicht einmal ein Tor mit Doppelflügel, habe ich gedacht; wie groß war der Durchmesser der Raketen gewesen, lackiert in der gleichen traurig grauen Farbe wie diese Tür? Ich weiß nicht, wann das Sicherheitsschloss erfunden wurde, aber jenes, das dort in der Tür steckte, musste aus der ersten Serie stammen, war gegen Regen und Schnee mit einem Stück Fahrradreifen abgedeckt, eine Erfindung aus den Anfängen der Schrebergärtnerei. Und als sei er sich seiner Sache vollkommen sicher, zog der Inder seine Ehrennadel aus der Weste, steckte sie in das Schloss und ließ die Tür aufschweben, ohne jedes Geräusch.
Iron Butterfly. Ich hatte es nicht sofort verstanden. Iron Butterfly, sagte Alice noch einmal; der Eiserne Schmetterling, so hatten sie die kleine Elektrolok getauft, und für weitere Erklärungen fand sie keine Zeit. Vielleicht gab es eine Verbindung mit jener amerikanischen Band gleichen Namens aus dem Jahr 1968, und die Fahrt durch den Stollen dauerte exakt 17 Minuten, so lange wie das Hauptwerk der Musiker, betitelt *In A Gadda Da Vida.* Die phantastisch wabernde Improvisation war keine Legende geworden; die Übersetzung lautete schlicht: Im Garten des Lebens. Vielleicht stand jene Schallplatte noch im Regal einer heruntergekommenen Dorfdiskothek, wurde jedoch, als sei sie mit Aussatz behaftet, nie mehr gespielt. Ob Grubenhelme ausgeteilt würden, hatte ich noch gefragt, aber der Wirt und Walawalker saßen bereits auf der Lok, die ruckend zu fahren begann. Ich musste mich

beeilen, rannte, sprang schließlich auf den angehängten Plattenwagen zu Alice und meinen Kommilitonen. Der Inder hatte den Akku mit einem Funkenzieher überbrückt, der ein wenig flammte. Es stank nach verbranntem Gummi. Das Reichskabel, rief er, sei morsch, nicht mehr zu retten.
Die Räder surrten auf dem schmalen Gleis; nach einer langgezogenen Kurve kamen wir tiefer. Die Anlage befand sich in einem guten Zustand, und es hätte mich nicht gewundert, wenn aus einer Rettungsnische ein Trupp Zwerge gegrüßt hätte, die Ölkannen und Schraubenschlüssel brav geschultert.
Wir waren zusammengerückt auf dem Wagen, suchten Halt, unsere Hände griffen in die Fugen der Bretter. In einer Geraden, das Rollgeräusch nahm ab, fragte Musah Alice, ob sie Walawalkers Sekretärin sei oder den Rentnerwirt später einmal pflegen wolle. Als habe sie die Frage nicht verstanden, sprach die Schwester nun über die Abende im Göttinger Wohnheim, wo sie mit einer Freundin englische Radiosendungen gehört hatte. Es seien Geschichten für Kinder gewesen, auch Konzerte aus der Royal Albert Hall; krachende Kurzwellen gegen das Heimweh. Einmal, sagte sie, wurde in einer Sendung eine Frau befragt, ein ehemaliges Kindermädchen, das die Raketenangriffe auf London erlebt hatte. Nach einem Treffer verschüttet, war sie nach zwei Tagen gefunden worden, blieb verwirrt für immer. Ein paar Sätze von ihr, sagte Alice, habe sie behalten: „Es gibt uns, und es gibt etwas dahinter. Dazwischen sind die Türen."
Noch am gleichen Abend hatte sie Walawalker aufgesucht

und ihm davon erzählt. Sie sei es gewesen, behauptete sie, die mit jener Kinderschwester draußen in Shepherd's Bush unter dem Morrison-Schutzdach gehockt war: Give me shelter! Und in der Hand ein paar verrußte Saiten, Reste einer Mandoline. Von dem Gebet, das sie gemeinsam gesprochen hatten, kannte sie nur noch den Schluss. Radiogeschichten. Purushot Walawalker, die Hyäne, war beeindruckt gewesen, und Alice durfte bleiben, wurde eingeweiht in das Unternehmen, das der Inder in Nordhausen längst verfolgte. Um hinter ein Geheimnis zu kommen, hatte er während einer Rast gesagt, müsse zuerst jemand sterben; dann beginne sich die Beschäftigung zu lohnen.

Die Versuche, die ich mit dem Strahlenkranz durchführen wollte, hatte ich nicht genehmigen lassen. Warum das Gerät nach dem Krieg nie eingesetzt und in keiner Zeitschrift erwähnt worden war, befremdete mich anfangs, ein Geheimnis jedoch war das Ganze nicht. Mich interessierte der Versuch, dessen Beweisführung, der Abschluss, mein Diplom. Und dass wir im Harz auf eine Gruppe getroffen waren, die, ähnlich wie wir, abseits der Lehre forschte, war weder eine Besonderheit noch ein Zufall: Die Erinnerungen, die mit der ehemaligen Bunkerfabrik zusammenhingen und die Alice und ihre Freunde zu beschwören schienen – mein Thema berührten sie nicht.

Wir fuhren noch immer. Die Kälte hatte zugenommen, ließ die Salzkristalle im Gesicht und auf den Händen glitzern. Ich war näher zu Alice gerückt und flüsterte, ich brauche Wärme, eine barmherzige Schwester. Mit der

Hand streifte ich über ihre Schuhe, der Fahrtwind bauschte den Rock; ich musste nicht nachhelfen, gelangte rasch bis zu den Knien, wo sich ein Muttermal oder eine Stopfstelle in der Strumpfhose fand; ein aufmunterndes Zeichen, wie mir schien. Ich solle die Griffel wegnehmen, sagte Alice, und mein steifes Hemd allein bügeln; ein Verfahren, das ich längst bevorzugte. Die Hände im Schoß, als gäbe es sonst nichts zu tun, so hockte ich auf dem Wagen; ein gekrümmter Fakir. Der Garten des Lebens war das hier nicht. Henschke begann zu lachen. Er sei auch so ein Schwein, schrie Alice, dem die Schnauze noch gestopft werde, später oder sofort.

Die alte Fahrtenscheibe, das gelochte Amulett, hatte Musah in der Wirtschaft zurückgelassen, und seinen Worten fehlte die Geschmeidigkeit, jene beruhigende Schwankung.

Die Spur, sagte er, sei noch nicht zu Ende, und den Knall höre man immer nach dem Schuss – trotzdem glaube er nicht, dass wir hier unten noch Beweise fänden.

Die seien nebensächlich, antwortete Alice; wirklich entscheidend blieben nur die Teile. Eines, die Drosselklappe, habe das Gemisch in den Brennkammern der Rakete geregelt; Tarnname: Der Eiserne Schmetterling.

Aus der Bluse hatte sie ein Kettchen mit einem Anhänger gezogen. Wir sollten uns überzeugen, sagte sie, zugreifen und prüfen, was jedoch keiner von uns wagte, trotz der schützenden Dunkelheit.

Der Garten des Lebens. Der Eiserne Schmetterling. Stahlknecht. Zwerg Nase. Alle Bezeichnungen, die mit dem Bau der Rakete zusammenhingen, waren damals vertauscht worden. An der Montagestraße, im Flossenbau oder in der Endfertigung, wo die Turbine und der Raketenofen montiert wurden – in keiner Abteilung hatten freiwillig deutsche Mechaniker gearbeitet, sondern Juden, Russen, Polen und Franzosen; gedacht war an eine Übertragung der Schuld. Wer fleißig ist, wurde den Häftlingen gesagt, bleibt dabei. Es war eine Lüge, die Hoffnung weckte und nicht verschlüsselt werden musste.

Es habe Messtabellen und Stücklisten gegeben, sagte Musah; was mit den Korrespondenzen der Ingenieure geschehen sei?

Antwort: Wurden getippt von Blitzmädels, fleißige Lieschen, dankbar für jedes Lob.

Die Blaupausen der Pläne rochen nach Salmiak, ähnlich ungewaschenen Schlüpfern, blieben trotzdem unauffindbar, nach dem Krieg.

Die Beschleunigung nahm zu, und zuerst dachte ich an Unterdruck, an den leichten Tiefenrausch der Taucher, malaysisch ban-bango, dann an Gas, das durch die Lüftung in den Stollen strömte. Vielleicht, und der Gedanke wirkte noch einmal beruhigend, begann auch nur der Raketenschnaps das Gehör zu verwirren. Es war ein feines, flirrendes Geräusch, das rasch zunahm, während der Wirt die Lokomotive abbremste und der Funkenzieher wie eine Handvoll Wunderkerzen sprühte.

„Bescherung", sagte ich zu Musah, „jetzt gibt es die Geschenke." Meine Angst konnte ich damit nicht bezwingen, denn dort vorn, in der nächsten Nische, würden keine Zwerge warten, sondern trainierte deutsche Knechte, Gasmasken über den rasierten Köpfen, die Stahlruten

und Baseballschläger gezückt.
Die Räder schlugen im Gleis, ich verlor den Halt, rutschte zur Seite, versuchte Schwung zu nehmen und sprang, flog nach rechts, wo sich keine Wand oder Absperrung befand, nur ein schwarzes Loch, eine Grube ohne Rand, in die ich kopfüber stürzte und abwärts glitt, das Kinn dicht an der Brust. An Tieffliegerabzeichen musste ich denken, gesponnen aus Silberdraht, oder Nahkampfspangen, auf jeden Fall Metallschrott, das spürte ich, obwohl ich noch immer nichts sah. Über meine Lippen sickerte Blut; ein bitterer galvanischer Strom, den ich zögernd schleckte.
Fackeln wurden angezündet, jemand gab Anweisungen, die ich nicht verstand, und dann halfen sie mir, zogen mich aus dieser riesigen Wanne, die gefüllt war mit ausgedrückten Zahnpastatuben, Marken, von denen ich nie gehört hatte, auch fleckig graue Champagnerfolien und Stanniolstreifen, breites Lametta, teils zu Kugeln gerollt. Der Inder hatte zwei Fackeln in den aufgerissenen Beton gesteckt, ich musste an Notsignale denken, und noch einmal hörten wir jenes flirrende Geräusch.
Die Stanniolstreifen, sagte Neubert, seien damals von den alliierten Bombern abgeworfen worden. Sie sollten die Peilung der deutschen Flugabwehr stören, wurden gesammelt, wie die leeren Tuben.
Vielleicht, fügte der Inder hinzu, sollte das Material geschmolzen und beim Bau der Rakete verwendet werden.
Das sei lächerlich, erwiderte Henschke. Von einem Wirt könne man nicht mehr erwarten, aber dass ein Wissenschaftler einen solchen Dreck erzähle und daran glaube,

das sei eine Schande.
Er hatte eine Fackel aus dem Beton gezogen und in die Grube geschleudert, wo sie qualmend weiterbrannte.
„Mein Vater“, fuhr er fort, „ist in der Hitler-Jugend gewesen. Es stimmt. Sie mussten das Zeug sammeln; Stanniol war besonders wertvoll. Und es gab Mädchen, die sich dafür auszogen.“
Das sei auch nur ein Kriegsmärchen, entgegnete Alice. Wer Gefühle predige, löse sein Vaterproblem nie.
Sie nahm die zweite Fackel und ging weiter.
Im hinteren Teil der Halle war der Boden geborsten und hatte sich abgesenkt. Das Gleis der Grubenbahn führte in einen See. An einem Drahtzaun, eine Art Käfig mit Luken, Durchreichen und einer Tür, hielten wir an.
Hier, sagte Alice, habe sich die Schweißerei und der Rumpfbau befunden.
Auf dem Boden, verharzt von Öl oder Lack, klebte das abgerissene Seitenruder einer Rakete. Jener Drahtkäfig, zu dem uns Alice die Tür öffnete, hatte den Wachen als Schutzraum gedient. Es gab Kojen, kleine, mit Leuchtpfeilen markierte Kammern im Fels. Musah, der neben mir stand, tastete über die gemörtelte Einfassung.
Strom, sagte er, ich solle nur schauen, jedes Schlafzimmer habe Strom.
Das Kabel führte zu einem Schlummerlicht über dem Bett, als sei die Einrichtung damals für Kinder installiert worden.
Matratzen lagen auf den Doppelstockbetten keine. Sie waren längst abtransportiert worden, das Seegras oder Rosshaar draußen vor dem Stollen aufgeschüttet, die

Drillichbezüge gewendet worden, während der Suche nach Plänen, Skizzen und Listen. Es mochten zwei amerikanische Soldaten gewesen sein, Neger vom Mississippi, die den Haufen später angezündet hatten, wie sie es von den Baumwollplantagen kannten, wenn der Preis zu fallen drohte und die Ernte verknappt werden musste. Musah hatte recht behalten: Es gab keine Beweise.

Wir hatten uns bereits abgewandt, wollten zurück in die Halle, als Henschke an der letzten Koje stehenblieb. Er schien etwas entdeckt zu haben; vielleicht Gepäck, das dort auf dem oberen Bettgestell lag, geschützt mit Decken. Salz und Flechten, auch Moose, hatten die ehemals graue Wolle mit einem verschlungenen Muster überzogen, nur an den Kanten fand sich ein Hinweis auf die Herkunft: Ein gesticktes rotes Kreuz. Henschke war nach vorn getreten, und fasste den Rost an, als wolle er dessen Festigkeit prüfen. Karabinerhaken, die an verschimmelten Riemen hingen, klapperten leise.

Ob Frau Holle dort im Himmelbett liege, fragte er, oder der Alb und das Kornweib? Unter dem Hexenberg sei doch alles möglich?

Die Decken waren durch die Feuchtigkeit schwer geworden, und Henschke zog ruckweise. Etwas unter jenen verfilzten Resten hakte, blieb sperrig, gab schließlich nach, und dann sahen wir die beiden Soldaten der Wehrmacht: Sie hielten sich fest umschlungen. Dem jüngeren hing getrockneter Speichel am Mund.

Maido, schrie Musah, maido, was auf Nigerianisch-Haussa überführen bedeutet, trat näher, und streifte dem vorn liegenden Soldaten die Stiefel und Fußlappen ab.

Was er dort suche, fragte der Inder.
Die Haut der Männer, flüsterte Musah, sei pelzig; ein warmer Rauhreif. Er suche die Rasseln, Kronenkorken, aufgefädelt um die Gelenke. Der Klang gebe den Männern Mut, auf dem Weg hinüber ins Reich.
Noch einmal streichelte er über die Beine, an denen keine Kettchen oder Rasseln glänzten, dann zog Alice ihn weg.
„Es sind Bunas“, sagte sie, „Puppen aus synthetischem Kautschuk, ein Abfallprodukt der chemischen Industrie, entwickelt im vorletzten Kriegsjahr. Wozu sie gefertigt wurden, wissen wir noch nicht. Vielleicht ein Ersatz für die gefallenen Ehemänner in Stalingrad.“
Der Schnaps, jene Nordhäuser Tinke, wirkte in gekoppelten Phasen, ähnlich den Brennstufen einer Rakete.
Ich war vollkommen ruhig und fragte, ob die beiden auf dem Lotterbett auch sprechen könnten.
Es sei geplant gewesen, antwortete Alice; ich könne ihnen in den Mund greifen; am Gaumen befänden sich die Anschlüsse für Mikrophon und Membran.
Konnte es sein, dass die Stille, diese weihevolle Stimmung, im Stollen einen Geruch verströmte? Oder war es so, dass die zärtlichen Kameraden eine Art Zeitschaltwerk besaßen, das in ihren Körpern einen Brand entfachte, Ausdruck unerfüllter Liebe? Es stinkt, schrie Henschke, nein, nicht diese Museumspuppen, nein, und jetzt schrie auch der Wirt, rannte zurück in die Halle, wo das Leichtmetall lag, bereit zur Schmelze; wir folgten schlingernd und stolpernd.
Wahrscheinlich hatte sich der Funkenzieher, Ersatz für

das morsche Reichskabel, überhitzt und selbst entzündet. Wir hätten trockene Decken gebraucht oder einen Feuerlöscher, um die brennende Lok zu retten. Es war Walawalker gewesen, der sie vom Wagen abgekoppelt und angeschoben hatte. Sie rollte weiter, hinein in den See, genannt das Auge Himmlers, wo sie zischend verschwand.

Rauch hing in der Halle, verzog sich nicht. In der ehemaligen Schweißerei musste es eine Ventilation, eine Entlüftung gegeben haben. Alice verteilte rote Friedhofskerzen, und der Gestank der Lokomotive schien sich in Weihrauch zu verwandeln. Ich würgte, und erbrach einen Schwall Raketenschnaps.

Rückzug, befahl der Wirt.

Aus der Grube hatte er eine Stahlflasche gezogen, an der, neben dem Ventil, ein Stück Gartenschlauch hing.

Der kleine See, sagte er, das Auge Himmlers, hänge noch an einer Ader: Das sei der Weg zurück.

Er schüttelte die Flasche, in der Lachgas war, und da die passende Atemmaske fehlte, saugten wir am Schlauch, inhalierten tief, wozu uns Alice ermunterte.

„Maibugu wa da gyia“, flüsterte Musah; Sucht rettet, oder, was das gleiche bedeutete, Stoßdämpfer für das Hirn. Und noch einmal zog ich am zerkauten Schlauch, bis meine Übelkeit wich.

Neben dem See mit der versunkenen Lok gab es einen Einstieg, eine Röhre, der Wirt war bereits darin verschwunden. Ich müsse nur folgen, sagte Alice, Engerlinge in den Ohren würden später mit Petroleum kuriert. Sie drückte mich nach unten, und ich begann folgsam zu kriechen, in der rechten Hand ein Friedhofslicht. Torpedokäfer, dachte ich, und schaute unter meinen Beinen hindurch nach hinten, wo es dunkel blieb, wie vorn, weshalb ich weiterkroch in der Röhre, die enger wurde, oder ich dehnte mich vor Panik bereits aus, doch jetzt glitzerten Kristalle neben dem Kopf; Zinkblende, Alabaster und Katzengold; sie wirkten beruhigend. Ich begann zu schwitzen, wurde schneller, schien zu gleiten, und einmal sah ich die Schuhe des Wirts, festgenagelt für Sekunden in einer Biegung. Das Friedhofslicht flackerte, drohte zu erlöschen, doch es war nur mein keuchender Atem. Ich kroch schräg aufwärts oder schon wieder hinab, ein Problem geschnittener Magnetfelder, kam in eine Geruchsinsel, ein betäubend scharfer Duft, der an Prothesensalbe erinnerte, wie sie mein Vater benutzt hatte, nach dem Krieg. Vielleicht trug auch der Wirt ein Holzbein. Ich begann zu rutschen, als müsste ich meinen betrunkenen Vater nachahmen, wie er damals in der Küche auf dem Boden mit dem Hund spielte, trat nach hinten, blockte mit den Ellenbogen, wollte die Hand fassen, die über mir winkte, und es war der Wirt, der mich schließlich herauszog. Ich lag im Gras, drehte mich auf den Rücken und sah über mir das Dach des alten Karussells.

Als ich aufwachte, hatte ich Zahnschmerzen. Es war ein Druck in den Backenzähnen, der die Füllungen zu wölben schien. Ich lag da, mit offenem Mund, und spürte die Wirkung der Narkose. Doch es flammte kein Operationslicht auf, begleitet vom geschäftigen Klappern der Sonden und Spiegel auf dem Porzellantablett. Und weil sich weder jenes noch irgend ein anderes Geräusch ein-

stellen wollte, setzte ich mich auf, schlug die Decke zurück und ging nach unten. Die Schuhe, an den Senkeln verknotet, hingen um meinen Hals.
Im Schankraum war es düster; ein graues, unwirkliches Licht, das von draußen kam. Auf einem Tisch brannten ein paar Friedhofskerzen, und ich hätte nicht sagen können, wie lange ich geschlafen hatte. Die Reste einer Mahlzeit waren zusammengeschoben; eine Pfanne mit gebratenem Speck, schmutziges Geschirr, auch ein Glas Johannisbeergelee; vermerkt war die Sorte auf dem Etikett. Ich zog den Löffel heraus, probierte, schmeckte nichts, was vermutlich mit dem Lachgas zusammenhing.
Der Wirt hantierte in der Küche. Alice und Walawalker waren verschwunden oder noch nicht aufgetaucht. Ich fühlte mich elend, stützte mich auf einen Stuhl, wollte zurück ins Bett. In diesem Augenblick hörten wir den ersten Donner. Die Front musste noch weit entfernt sein, der Donner polterte zögernd, arbeitete sich langsam aus, als sei er über eine Stereowippe geleitet worden.
Henschke schaute mich an. Aus seiner Hosentasche hatte er einen klobigen Schlüssel gezogen.
Der Inder, sagte er, sei erschöpft; den Schlüssel für die Außenstelle habe er ihm überlassen.
Ich wollte nicken, schwankte erneut, und Musah musste mich stützen, auf dem Weg hinüber zum Wagen. Verwundete Soldaten, dachte ich, werden von der Kampflinie abgezogen und nicht verheizt, doch da ließ Henschke bereits den Anlasser orgeln. Wir fuhren los, mit aufgeblendeten Scheinwerfern; Henschke schien den Weg zu kennen. Ein Trupp Waldarbeiter kam uns entgegen, wink-

te, verschwand seitwärts im Unterholz; ich wäre den Männern gerne gefolgt. Ich schaute auf meine Schuhe mit den losen Senkeln, während im Magen, und ich hoffte, es war das letzte Mal, der Raketenschnaps zündete.

Die Außenstelle, das ehemalige Landschulheim, lag hoch über dem Tal. Ich hockte neben der Tür und sah zu, wie Musah und Henschke die Geräte aus dem Wagen schleppten. Der Wind fegte Staubfahnen hoch, ließ Blätter und Streu tanzen, schnelle Kreisel, die plötzlich niedersanken. Abseits stand ein Brückenkran, mit dem man einst die geschlagenen Stämme verladen hatte.

Musah stöpselte Kabel; Notstrom. Die Kamera summte, und flache Messkurven zogen über den Schirm des Oszillographen, ein beruhigendes Grün, noch nicht aufgezackt durch die Entladungen des Gewitters. Ich sei der Protokollführer, schrie Musah, und steckte mir ein Heft zu; ein Bleistift, irgend ein angenagter Stummel, fand sich nicht.

Dann ging der erste Blitz nieder, blank und nah; die Kamera löste aus. Regen fiel senkrecht, wurde dichter, kam schräg über die Schwelle, und Musah zerrte seinen Anorak über den Oszillographen, um ihn zu schützen.

Es war eine Standpauke, eines jener ortsfesten Gewitter, die es nur noch selten gibt, angezogen vom Tal, wo ein Kraftfeld zu pochen schien.

Aufnahmen für das Lehrbuch, schrie Musah, Einstand nach Maß.

Der Donner verhallte, da hörten wir, und es war nicht sehr deutlich, wie die Hintertüren des Wagens gegeneinander schlugen, sahen Henschke über die Wiese rennen,

den Strahlenkranz geschultert.
Unter dem Kran blieb er stehen, hielt inne; die Erdung, ein Kabel am Strahlenkranz, hatte sich verhakt. Er zerrte, ein Harpunier mit schlechtem Gerät, und kletterte rasch höher. Ich sprang auf, schwankte, als müsste ich ihn nachahmen, wie er sich dort oben gegen den Wind stemmte, um den Kranz zu befestigen.
Es war ein nasser Schlag, harmlos, ohne große Spannung; aber wir sahen beide, wie er in den Kranz stieß, sich aufpulverte, bis zur Entladung, die auch den Boden rasierte: Simpson, Töppler, McKay: Der Blitz, der nicht beherrschbar ist. Aber da lag Henschke schon im Gras, während der Kranz noch ein wenig zu zittern schien; eine Täuschung, wenig Rauch, kaum Gestank.
Wir rannten hinüber. Ein Blitz, hätte Henschke gesagt, schlägt nicht zweimal an der gleichen Stelle ein, und es wäre sein nächster Fehler gewesen. Er lag auf dem Rücken, die Haarspitzen verascht, Lider und Brauen versengt; Musah drückte ihm die Augen zu. Dann kniete auch ich nieder, beugte mich über das Gesicht mit dem aufgerissenen Mund, aus dem ein Hauch Benzin stieg.
„Man sollte", sagte Musah, und er sprach leise, „einen Pflock hineinschlagen, damit die Dummheit nicht entweicht."
Dann zog er ein Taschentuch hervor, wie es alte Männer benutzen, mit Krusten und braunen Flecken, die vom Schnupftabak stammten, und legte es auf das Gesicht des Toten. Der Regen weichte den Stoff an, und dort, wo der Mund saß, hatten die Tropfen bald eine Kuhle geformt, eine nutzlose Membran.

Alle Tage ist nicht Sonntag

Aus. Und vorbei. Kein Glück. Und auch kein neues Spiel. Die Karten, noch einmal gemischt, wären so abgegriffen und lappig gewesen, wie die Seiten der Bücher vor mir auf dem Pult; Bücher von Spindler, Laube und Erdrich; der Nachdruck von Töpplers Leipziger Ausgabe und schließlich Spanknabels Band. Bücher, in denen das Wissen der Gewitterkunde gesammelt war, was mir jetzt auch nichts mehr nützte, da ich sie zurückgeben musste und vom Examen ausgeschlossen worden war. Wenn der Rechner auf dem Bildschirm meinen Namen und die Titel löschte, dann hatte sich die Entscheidung vollzogen, die Schlinge elektronisch geknüpft.

Es war ein widersinniger Gedanke, aber vielleicht hätte mir ein alter Hollerithrechner, ein RA 800 von Telefunken, genannt der Dubel von Backnang, Aufschub gewährt: Ferritperlen, die auf blank gekreuzten Drähten zirpten und klickernd Funktionen vernetzten. Mit einem starken Magneten in der Hosentasche, mit simplen Fremdströmen, Maxwellschen Schleifen, hätte ich die Arbeit des alten Rechners durcheinander gewirbelt und mich gerettet. Aber dies hier geschah leise, absolut perfekt.

Die Reihe der Wartenden rückte mit kurzen Schritten auf. Der Bibliothekar hob die Bücher vom Pult, kontrollierte meinen Abmeldezettel, dann den Leseausweis, ein blaues Kärtchen, mit dem ich mir, aber das war am Ende des letzten Semesters gewesen, die Fingernägel gesäubert hatte, doch jetzt hielt er es in der Hand, während die Bücher bereits in einer Kiste lagen und er, nicht ungeschickt, ein paar Tasten antippte. Und während die Titel und mein Name auf dem Schirm zusammenschnurrten, senkte sich die Kiste auf Rädern langsam abwärts, durch eine Luke, hinunter ins Archiv. Wer Gewitter erforscht, hat seine Angst schon begraben. Ich stopfte die Tüten, in denen ich die Bücher transportiert hatte, in meine Mappe und trat hinaus auf die Straße. Seit dem Morgen fiel ein feiner Regen.

Am Wald waren wir stehen geblieben, hatten uns noch einmal umgeschaut, hinüber zum Kran, unter dem Henschke gelegen hatte, als solle auch er versenkt werden, unter die Erde, zu den beiden künstlichen Kameraden. Und Musah, mit dem ich zum Gasthaus gelaufen, und der wie ich verhört worden war, hockte jetzt an Bord eines Frachters, zwischen alten Busreifen der Berliner Verkehrsgesellschaft, bestimmt zum Verkauf in Afrika. Oder, möglich war alles, er war nicht von Bord gegangen im Hafen von Lagos, sondern, einer Eingebung folgend, weitergereist.

Alle Tage ist nicht Sonntag. Die rote Laufschrift der Reklame, dreimal blitzende Drohung, flammte über die Kaufhausfassade. Ich überquerte die Brücke am Halleschen Ufer, bog nach links, in den Eingang zur U-Bahn. Am Kassenhäuschen standen ein paar junge Männer. Sie trugen weite, durch Nässe und Dreck steif gewordene Lederjacken. Die Hosen, teils zerrissen, steckten in schweren Stiefeln. Ich musste an versprengte Soldaten denken; Kämpfer, die nicht wussten, wohin sie ihr Weg führt.

Die Burschen versuchten zu betteln. Sie brauchten Geld für Senfschrippen, Brötchen, aufgeschnitten und dick mit

Mostrich bestrichen, die billigste Nahrung der Stadt. Vielleicht hatten sie, auch das war inzwischen üblich, die Taschen der Hosen inwendig aufgetrennt – ohne Bett und Wohnung eine Notwendigkeit – und konnten so jederzeit den wärmenden Docht finden, der alsbald ein wenig Freude spenden würde.

Alle Tage ist nicht Sonntag. Die Schrift der Weinreklame flackerte erneut. Ich ging weiter, schaute noch einmal zurück, und sah, wie einer der Burschen den gestreckten Mittelfinger aus der Nase zog und damit drohte. Und während er den Finger zum Mund führte, zauberte ihm die rote Leuchtschrift für ein paar Sekunden einen Strahlenkranz um den Kopf.

Als die Geräte, die vergrößerten Photos des Gewitters und der Kranz, Beweise, die uns entlasten sollten, der Kommission übergeben und von ihr geprüft wurden, da hegte ich die Hoffnung, alles würde gut. Den Ausschlag gab schließlich das Messbuch, jenes Heft, das mir Musah vor dem ersten Versuch zugesteckt hatte. Darin fand sich, aber das wusste ich selbst, kein Eintrag; weder über den Versuch noch über die Folgen. Wir wollten, sagte der Vorsitzende, etwas verschweigen; er durchschaue unsere Absicht. Und Joachim Pasch, mein Prüfer, nickte.

Ich war nicht weitergekommen mit meinen Überlegungen. Doch jetzt, während ich die Treppen zur U-Bahn hinunter stieg, denn auch die Berliner Bahnhöfe dienten im letzten Krieg als Bunker, da ahnte ich, warum der Blitz, dieser harmlos nasse Schlag, der in den Strahlenkranz gefahren und Henschke getötet hatte, nicht zu kontrollieren gewesen war: Wir hatten uns auf dem Ge-

lände der ehemaligen Raketenfabrik befunden. Der Stollen dort unten, mit dem gesammelten Stanniol, hatte wie ein riesiger Kondensator gewirkt, aufgeladen in Sekunden mit einer unglaublichen Menge Strom. Simpson, Töppler, Mc Kay: der Blitz, der nicht beherrschbar ist. Es waren, hätte Spanknabel gefolgert, keine idealen Bedingungen für einen Versuch.
Auf dem Bahnsteig, im Schutz einer Plakatwand, warteten Kontrolleure und Polizisten. Die pfeifende Rückkopplung des Funkgeräts hatte sie verraten. Es gab neue Schlagstöcke, leicht gebogen, aus bruchfestem Kunststoff; die Technik der Daumenschellen, zwei Holzstücke, die unförmigen Kastagnetten glichen, und schließlich den Schlag mit der Dienstmütze: Das Schild aus Plastik konnte die Fingerknöchel zerschmettern.
Meine Monatskarte war ungültig; einen Fahrschein hatte ich nicht gelöst. Vielleicht wären die bettelnden Jungen, die noch immer am Kassenhäuschen standen, für ein paar Scheine bereit gewesen, den Auftrag für mich auszuführen. Doch ich blieb vorsichtig, wollte zum Schluss keinen Fehler machen. Der Zug fuhr in den Bahnhof, ich trat hinter dem Pfeiler hervor und stieg in ein Abteil: Die Greifer mit dem Funkgerät hatten mich nicht entdeckt.
Am Breitenbachplatz musste ich aussteigen. An der Straße, die hinauf zum Institut führte, standen Plastiksäcke, gefüllt mit Laub aus den Gärten der Villen und Bürgerhäuser. Ich kam an einem Laden für Friseurbedarf vorbei, dann an einer Schnellreinigung; für beide Geschäfte, die Scheiben waren mit Papier verdunkelt, wurden Nachmieter gesucht. Mülltonnen oder leere, gestapelte Obstkis-

ten, die, heruntergerissen im Lauf, möglichen Verfolgern den Weg versperrt hätten, gab es nicht. Ich fühlte mich trotzdem sicher.

Hinter den Fenstern des Instituts brannte noch Licht. Ich öffnete meine Jacke, lockerte den Schal und lief schneller. Es war ein Abend im Spätherbst, und keine feuchte Hitze hing über der Stadt, wie damals, als das Gewitter, entgegen der Vorhersage, nach Süden abgezogen war, ohne sich zu entladen. Völkerball, Ringtennis, die Abzeichen für Rettungsschwimmer: Kraft und Freude für die Besucher am Strandbad Wannsee.

Doch jetzt waren die bestickten Basttaschen, die Brotbeutel der Hitlerjungen ausgeräumt, hingen die Badehosen und feuchten Kappen, deren Gummi ein wenig nach ungewaschenen Schlüpfern roch, auf der Leine. Hausmädchen aus Ostpreußen, auch das war vorstellbar, erzählten den Jüngsten das Ende eines Märchens, während die Eltern in einem Restaurant am Rüdesheimer Platz die nächste Flasche Wein bestellten.

Vor dem Gebäude der Luftwaffe in der Grunewaldstraße war ein Rondell angelegt und mit Rosen bepflanzt worden. Dem Springbrunnen in der Mitte fehlte noch das Wasser. Es gab keinen Parkplatz, und die Fahrer hatten die verdreckten Kübelwagen bis zum Brunnen gefahren. Sie waren aus Nordhausen gekommen, hatten ab Magdeburg die Autobahn benutzt und spürten, während sie sich die ersten Zigaretten anzündeten, in den Gelenken noch einmal jenes feine Klopfen der Fugen der betonierten Piste. Die Fenster im Parterre waren geöffnet, und sie hörten die Stimmen der Nachrichtenhelferinnen, auch ihr Lachen.

Drahtamseln, sagte ein Fahrer, und ließ in der gewölbten Hand die Streichholzflamme verlöschen.
Rudolph Neubert schwieg; er wollte kein Gespräch, schob die rechte Hand tief in die Hosentasche, wo neben der Zigarettenpackung zwei flache Schachteln steckten. Pervitin. Die braunen Hirnpeitschen aus Johannisthal. Der Sanitätsdienst verteilte das Zeug an die Soldaten der motorisierten Verbände. Zu viele Unfälle, durch Übermüdung. Wenn er drei von diesen Dingern geschluckt oder, zu Pulver zerstampft, in die Nase gezogen hatte, konnte er fahren, Tag und Nacht, konnte, aber das wäre in diesem Moment ein Fehler gewesen, erzählen. Von den Versuchen, die sie in Nordhausen durchgeführt und die ihn während der ersten Tage kaum interessiert hatten. Weil es dem Ende zuging und am Samstag kein Gewitter zu erwarten gewesen war, hatte ihn Pasch, der Meteorologe, noch einmal hinunter in die Stadt geschickt, um das reparierte Gurtzeug abzuholen.
Der Sattler war mit ihm hinaus zum Wagen gegangen und hatte ihn gefragt, wozu sie das Geschirr bräuchten; für einen Pferdeschädel seien die Riemen zu kurz.
Kriegswetter, hatte er geantwortet; damit erforschen sie das Kriegswetter.
Der Sattler schien nicht überrascht, sagte, er wisse Bescheid: Der Rückzug in Afrika, Rommel, die Schwierigkeiten beim Transport. Das Geschirr sei sicher für die Kamele. Lässt sich verschobenes Denken gerade biegen? Konnte man einen Irren mit einem irren Einfall überzeugen? Er hatte dem Sattler zugenickt und war losgefahren, neben sich auf dem Sitz die geflickten Riemen, mit denen die

Bunas, Kameraden aus weichem Kunststoff, aufrecht an die Stange geschnallt wurden. Er hätte, denn nichts wurde dem Zufall überlassen, von den Uniformen der beiden erzählen können, mit den in Höhe der Gelenke angenähten Bändern; bunte Markierungen, teils versengt von der Einschlaghitze. Sie glichen Indianern, die seit Tagen auf ihre Hinrichtung warteten und, aufgehoben ist nicht aufgeschoben, am Abend zurück in die Laborhütte getragen wurden.
Es regnete leicht und war dunkel geworden; ein umbrafarbener Himmel, und der Einstand, jener fächerförmige Blitz, der ein Gewitter, bevor es losschlägt, zusammentreibt und verdichtet, war ohne Kraft gewesen. Er fuhr weiter, hinauf durch den Wald. Der Regen wurde stärker, der Himmel schiefergrau, und in einer langgezogenen Kurve kam er in eine Regenwand, Wasser, das ihn säubern sollte. Ein Perlschnurblitz knatterte himmelaufwärts; abgerissenes Dauerfeuer, das zischend verglomm. Das Lederzeug auf dem Sitz war längst nass. Wissen sie, meine Herren, würde Pasch später zu den Offizieren sagen, die Riemen müssen zu Beginn des Versuchs vollkommen trocken sein; lachen sie nicht. Es geht um die Leitfähigkeit, die bei Feuchte ansteigt und das Messergebnis gnadenlos verfälscht. Aber davon versteht unser Fahrer nichts.
Die Riemen in eine Plane gewickelt, war er über die Wiese gerannt, eingetreten ohne Meldung, hatte im Vorraum die beiden Bunas gesehen, die auf der Bank lagen, bäuchlings übereinander, als wolle der eine dem anderen Gnadenstöße bieten, durch den Stoff der Hose hindurch.

Es gab Störungen, er spürte es, und sie kamen nicht vom Gewitter, sondern von den beiden ausgedienten Kameraden, denen er jetzt gerne die Riemen übergestreift, sie geknebelt hätte: Blutstau, Atemnot und Leere im Hirn; Steigerung der Lust und der Angst; Blitze, die jetzt rascher kamen, wie die Stöße von hinten.
Neben der Tür stand die Bahre, mit der sie die Puppen zum Versuchsfeld transportiert hatten. Es gab noch ein paar schwere Gummigaloschen, getragen zum Schutz gegen die Entladungen. Er ließ sie stehen, rannte den Weg hinauf bis zum *Strafraum,* eine abgezäunte Wiese, in welcher der Strahlenkranz stand.
Kein Tor, kein Spiel, und die von einer geballten Ladung herausgerissenen Messtafeln hätten zum Inventar einer Weitsprunggrube gepasst, nicht aber zu einem Fußballfeld. Die Herren in den weißen Mänteln waren aus dem Unterstand getreten, sprachen über die Isolatoren am Kranz, die noch immer zu schwach ausgelegt waren, schätzten die Abstände der Einschläge. Dann gingen sie hinüber zu den beiden Männern, die am Boden lagen, im versengten Riemengeschirr; Häftlinge mit dünnen, vom Funkenflug löchrigen Hosen und Jacken, den gelben Stern über der Brust. Galoschen aus Gummi trugen auch sie keine, nur genagelte Holzschuhe, wie es im Protokoll festgelegt worden war.
Er solle anpacken, hatte Pasch geschrien, verpissen und abseilen könne er sich nach dem Dienst, doch da kniete er längst, sah die Köpfe der Nägel in den Sohlen, verzundert und ins Holz gebrannt, vom elektrischen Schlag. Beim Transport über den Platz, auch das ein Unterschied

zu den Puppen, hatten die Backen der Toten nachgegeben, kleckerte Kot, versaute die Hosen. Es roch nach falscher Weihnacht, nach Wunderkerzen und Scheiße. Und dann war ihm ein Lied eingefallen, das der Sanitäter manchmal gesungen hatte:

„Gute Nacht Kameraden, bewahrt euch diesen Tag!
Die Sterne rücken aus den Tannen
empor ins blaue Zelt und funkeln auf die Welt,
die Dunkelheit zu bannen."

Und es blieb dunkel, und die Spinne hatte Hunger, doch nur fünf Beine. Sie brauchte Nachschub, aus der Tiefe der Hosentasche: Drei braune Kugeln, bevor das rote Schild der Zwergenapotheke mit der Aufschrift *Nachtdienst* erlosch. Verhornte Stümpfe, auf dem Weg hinauf zum Mund, der sich vor Gier verfielfachen wollte: Ein Dutzend Türdrücker, Knäufe aus Messing und Porzellan, schnappten im Takt nach rechts, kreisten rund um die Turmuhr, jetzt schneller, formten sich zu einem Pfauenrad, elektrisch knisternde Schwingung, die das Gebäude der Luftwaffe mit einer Hülle überzog, undurchdringlich selbst für eine Grabwespe.
Die war grau vom Mörtel, wie die Hefte von Pasch, wie der Stabsmercedes, der jetzt am Königin-Luise-Platz abbog, bremste, sich in die Breite zog, abschnürte und schließlich verdoppelte; ein Wunder im Windschatten. Diese Hunde. Selbst die Kennzeichen stimmten überein. Sie wollten ihn ablenken, verwirren, Rasierschaum ins Hirn blasen, damit er das Bild der beiden Jungen mit den

geschorenen Köpfen vergaß. Ihre Augäpfel waren trübe gekocht, vom kalten elektrischen Schlag.
Dicht nebeneinander kamen die Wagen näher, hielten an. Die Fahrer hatten die Schläge aufgerissen, grüßten, und als ihre Finger die Ränder der Schirmmützen berührten, schnurrte der Phantomwagen zusammen, stand nur noch einer da. Die Offiziere vom Reichswetteramt stiegen aus, gingen vorbei. Er sah die Taschen aus weichem Leder, die blanken Stiefel, die Diakästen, und auf dem Lack der schwarzen Kragenspiegel den doppelten Blitz, die Symmetrie der Schergen. Das war keine Täuschung.
Vor dem Eingang zogen Wachsoldaten auf. Pasch, der die Konferenz leiten würde, hatte sich nicht mehr gezeigt. Das Angriffswetter der Panzer; die Druckversuche für die Piloten; Häftlinge, und es schien sich immer um die gleichen Gesichter zu handeln, eingerahmt von Lederkappen, verformt vom Druck; Backenknochen, die hervorstachen, eingerissene Mundwinkel, die fadendünn bluteten, während der Druck am Kompressor noch einmal erhöht wurde, bis auch Blut aus Nase und Ohren troff: Sie konnten fast alles nachstellen, und wenn es sein musste, fiel in Afrika Schnee.
Die Versuche mit dem Strahlenkranz hatten noch keinen Nutzen. Dennoch wurden alle Ergebnisse notiert in ein paar grauen Heften, die Pasch niemals aus der Hand gab. Er wollte diese Hefte, würde sie benutzen wie ein Blinder seinen Stock, wie einen Schlüssel für eine Tür. Die Tür.
Hätte er von den Versuchen erzählen müssen, er wäre wahrscheinlich stecken geblieben im Verhau der abgeleiteten Gesetze; Formeln, tückisch wie Panzergraben. Dass

er ein Getriebe so gut zerlegen konnte wie Tabletten mischen, nützte ihm jetzt kaum.
Die Wachen hatten sich nicht gerührt. Ein Blitzmädel brachte Kaffee und belegte Brote, stellte das Tablett auf die Motorhaube des Wagens. Er stifte den Nachtisch, hatte er gesagt, und die Schachtel mit den Tabletten neben die Kanne gelegt. Und in diesem Augenblick, so schien es ihm, nickte die rote dickbauchige Kanne ihm zu, hatte die Tülle sich schon zu einer Nase gebogen, waren Augen, Ohren und Mund vorhanden, der Deckel die Krone eines Kaisers.
Die Helferin hatte nicht gespart. Es war ein guter Imbiss. Als die Fahrer ihre Zigaretten anzündeten, dem Rauch erste Rülpser nachschickten, da reichte er die Tabletten herum. Die meisten kannten die Hirnpeitschen und lehnten ab. Es wurde dunkel, und aus einer Villa wehte Grammophonmusik herüber: „Mutter, der Mann mit dem Koks ist da." Manchmal, dachte er, und es geschieht selten, trifft einen die Wahrheit wie eine Radiowelle, unsichtbar und direkt.
Er wollte die Hefte, nahm die leere Kanne, ging vorbei an den Wachen; Laubsägefiguren, an Scharnieren in die Tür gehängt. Eukodal, das feine Opiat für die höheren Ränge. Wer hatte das gesagt? Er blieb stehen, schaute zu den Wachen, die sich nicht rührten, schaute auf die Kanne; auch sie blieb stumm.
Schneeberger nannten die Eingeweihten die Mischung aus zerstoßenem Eukodal und Pervitin; ein höllisches, weil völlig unberechenbares Amalgam. Schneeberger, benannt nach einer Klöppeltechnik aus dem Riesengebirge,

da die Struktur der gemischten Droge, so wurde erzählt, bis in die Kette des Benzolrings jener bändchenartigen, am Rand luftig wirkenden Schlinge aus Garn glich, die zur Mitte, also zum Ende hin, immer stärker zusammengezogen wurde; ein hartes, filigranes Gewirke.
Am Wasserturm des Botanischen Gartens waren Schwalben aufgestiegen, schrien nach dem Navigator, der ihnen die Richtung befahl, schwenkten ab nach Steglitz, und noch einmal war die Musik vom Grammophon zu hören. Vor dem vergitterten Fenster der Küche kniete er nieder, ein falscher Prinz; streckte die Kanne durch die Stäbe, und Rapunzel, die ihre langen Haare zu zwei geflochtenen Schnecken über den Ohren aufgesteckt hatte, damit später, wenn die Bomben fielen, der Kopfhörer nicht rutschte, schrie leise auf, als sie den Prinzen sah, mit seinen großen Augen; lachte, als er sagte, er sei der Mann mit dem Koks, was nicht ganz stimmte.
Rapunzel stellte die rote Kanne auf eine Anrichte unter dem Fenster, neben ein paar andere, unscheinbar weiße, und er ließ seinen Arm wachsen, entschied sich, denn nur konzentriert würde das Pervitin die üble Synthese eingehen, für die äußere Kanne, deren Schnabel nach Steglitz zeigte. Hob den Deckel, ließ, ohne abzusetzen, aus der Kuhle seiner Hand ein Dutzend Hirnpeitschen in den Kaffee gleiten, die sich sofort im Kreis drehten, und, beschleunigt von der Hitze, zu singen begannen; sehr hoch und ein wenig verzerrt:

„There's no way to get out of here,
said the joker to the thief.

There's too much confusion,
I can give no release."

Es war nicht der Funkspruch einer verirrten Bomberbesatzung im Anflug auf Berlin und auch nicht die BBC; es waren diese kleinen Tabletten, linksdrehende Alkaloide, die ein paar Takte lang gesungen hatten und ihn noch einmal an die Turmuhr denken ließen: der kleine Zeiger auf der Flucht vor dem großen; und es gab kein Entrinnen. Weiter. Immer weiter. Rund um die Turmuhr.
Die Spinne mit den verhornten Stümpfen hatte ihre Arbeit getan und zog sich zurück. Der Klebefaden war gespannt, die Lunte gelegt. Das Feuerwerk würde im Magen von Pasch gezündet, später, wenn er das Pervitin mit dem Kaffee hinunter spülte, während das Eukodal, diese Herrendroge, bereits lauerte, bis die Fäden der feindlichen Säuren sich zwangsweise verknüpften, um dann gleich Leuchtspur hinauf ins wehe Hirn zu schießen; ein Bioskop, in dem die Bilder verschmorten; braune, glitzernde Klümpchen.
Glut fiel auf die Erde, in sanften Bogen; Rauch, der von Zigaretten stammte. Gesichter. Bartschatten. Mutter, der Mann mit dem Koks ist da. Und es stimmte auch dieses Mal nicht, denn er hatte seine Medizin bereits verpulvert, streckte ihnen die rote Kanne entgegen, in der Kaffee dampfte, bitter und stark. Er durfte jetzt keinen Fehler machen.
Vielleicht waren, zum Ende der Konferenz, Lichtbilder gezeigt worden; die Ruckstufen der Blitze, Leitbündel, mäandernde Äste, Fehlschläge. Oder, mit geänderten Ver-

schlusszeiten, die Bilder der beiden Häftlinge, wobei Einzelheiten eine Rolle spielten. Die Löcher an den Fingerkuppen zum Beispiel, aufgewölbt und verbrannt vom Strom, der sich hineingefressen hatte, um an Zehen, Brustwarzen oder, was selten geschah, am Kehlkopf wieder herauszuspritzen.

Das Summen des leerlaufenden Projektors; Schwingungen, die vom Gehäuse abstrahlten. Er spürte die Spannung, die sich steigerte, im dunklen Saal, als sollten sich, bevor das Licht wieder angeschaltet wurde, die Parkettdielen noch rasch zu einem neuen Muster verschieben.

Verdunkelung, sagte er leise, sag zum Abschied leis Verdunkelung. Und die schwarz gummierten Rollos an den Fenstern sausten nach oben, fielen aus den Rahmen, begannen zu tanzen, geführt von roten Kaisers-Kannen. Sie kamen näher, drehten sich im Takt einer Polka, sangen von der Koksmutter und ihrem Jungen, der sich wieder einmal fragen musste, wer wohl das Zeug bestellt hatte. Und noch einmal: Verdunkelung.

Die Stimme in seinem Kopf sirenenhoch, wollte nicht weichen, wurde schärfer, färbte sich: Das weiße Licht zwischen zwei Elektrokohlen; fadendünner Strahl, der durch den Garten schwenkte, die Tür öffnete, damit die Offiziere heraustreten konnten. In ihrer Mitte hielten sie ein Bündel, einen schlappen Sack. Und er ging seinem Vorgesetzten entgegen, sagte, ohne dass ihn jemand gefragt hätte, der Geschwächte müsse sofort zurück ins Kellerhotel *Atlantic;* er, der Gefreite Neubert, sorge dafür. Mit einem Rettungsgriff hatte er ihn auf den Sitz gezogen und war losgefahren.

Als sie nach Friedenau kamen, begann es zu stinken, und Pasch krümmte sich auf dem Sitz, wie vor ein paar Tagen die Häftlinge beim Versuch, die ihre Ladung auch nicht hatten halten können. Schwaden stoben aus der Hose des Wetteroffiziers, eine Mischung aus Rotwein, Schinken und Mayonnaise, gekrönt von einer Tasse Kaffee, das gewiss. Doch das Rohe und Gekochte war kaum verdaut. Auch das ein Unterschied zu den beiden Toten.
Er zündete sich eine Zigarette an, hielt das Lenkrad mit der Linken, und griff sich die Tasche – während Pasch, was einer gymnastischen Übung für Stenographen ähnelte, die Hände ausstreckte, Gelenke knacken ließ und nicht tiefer ging, um die Backen zusammenzuschieben, was in diesem Moment noch genützt hätte, bevor das Geflacker im Hirn endgültig erlosch; schwarzes Häcksel, Zwirn, Reste von Befehlen, die, zu spät ist immer zu spät, weder der Schließmuskel noch die Hände auszuführen vermochten. Und während er jetzt wieder nach vorn schaute, die Hefte unter seinem Hintern, begann er leise das Schneeberger-Lied zu singen:

„Eine Pille macht dich größer,
die andre macht dich klein.
Doch wenn dir Mutter beide gibt,
dann fällt dir nichts mehr ein.
Geh zu Alice und frag sie,
wenn sie kleiner ist als dein Fuß,
ob sie unsre Mischung kennt,
die das Hirn verrußt.
Haus Vaterland ist abgebrannt ...“

Weiter war er mit dem Lied nicht gekommen, denn Pasch, der noch immer schräg im Sitz hing, was den Gestank auch nicht vertrieb, rang nach Luft und versuchte, sich den Hosenschlitz aufzuknöpfen. Jetzt hätte er die Gurte der künstlichen Kameraden gut gebrauchen können. Sie fuhren die Potsdamerstraße hinunter, und auf der rechten Seite, inmitten der großen, verordneten Dunkelheit, leuchtete das rote Nachtdienst-Schild einer Apotheke.

Ein älterer Herr, der über dem Anzug einen weißen, gestärkten Mantel trug, hatte ihm geöffnet. Als sie Pasch nach hinten schleppten, hatte der andere, vor Aufregung ruckend, seinen kahlen Schädel über die stinkende Last gebeugt, ähnlich einem Marabu, der mit seinem Schnabel in die Eingeweide eines verendeten Tiers stieß. Die Schneeberger-Mischung kannte er, brauchte keine Anweisung, spritzte Kochsalzlösung, um, wie er betonte, das Gift im Blut zur Räson zu bringen.

Die leere Tasche roch nach Aas, als habe sie ein Wilderer benutzt. Die Hefte stanken schlimm. Im Schein der roten Lampe blätterte er sie durch. Es gab keine Schrift, keine Skizzen oder Notizen, nur aufgeklebte Streifen aus Papier, darauf geprägte Punkte, steife Nippel, Morsetropfen. Es mochte ein Ablenkungsmanöver sein, wie die biegsamen Kameraden, ausgemustert vor dem letzten Versuch.

Eine Frau war aufgetaucht und versorgte Pasch. Als er gleichmäßig atmete, besprenkelte sie den Schritt seiner Hose mit Kölnisch Wasser. Das leere Fläschchen steckte sie dem Meteorologen zwischen die gefalteten Hände.

Der Apotheker zog eine Spritze auf und sagte, jetzt brauche er Ruhe. Dann spritzte er sich eine hellgrüne Flüssigkeit unter die Zunge. Das Gift, fuhr er fort, jetzt schon mit leiser Stimme, sei mild, veredelt. Beim letzten Mal habe er Schmetterlinge gesehen, im Augenblick der Landung. Kaisermantel, Blutströpfchen und Eisenschwärmer hätten das Muster einer tarnfleckigen Wehrmachtsplane nachgeahmt; die Augen, aus den Köpfchen gelöst, seien schließlich an den Rand der Plane gewandert, um dort, in Aluminiumknöpfen schaukelnd, das eigene Werk zu betrachten.

Die Frau war vor dem Gestank geflüchtet, stand draußen vor der Tür; er trat hinzu. Scheinwerfer, bleiche Finger, tasteten den Himmel ab. Die Einschläge der Bomber, noch weit entfernt, ließen das Glockenspiel über der Tür vibrieren.

Verdunkelung, flüsterte er, Verdunkelung, wenn die Kundschaft kommt. Und die Sirenen begannen zu heulen.

Es war dunkel, regnete noch immer, und ich stand vor dem Eingang zum Institut. Als ich die Tür öffnete und weiter ging, ahnte ich schon, dass sich nichts verändert hatte. Die Stellwände in der Halle waren, bis auf ein vergilbtes Blatt mit den Hinweisen für Feldpraktika, leer. Dort hätten, versehen mit knappen Kommentaren, auch meine Photos der Nordhausen-Exkursion hängen können. Ich ging weiter, hinunter in den Keller, vorbei an schlecht gelüfteten Seminarräumen, bis zum Ende des Flurs, wo sich die Toiletten und eine Abstellkammer befanden.

In der Kammer war es warm, es roch nach Bohnerwachs, und als ich den Lichtschalter drehte, blieb es dunkel. Ich hatte vorgesorgt, zog eine Kerze aus der Tasche und zündete sie an. Es war eines jener Friedhofslichter aus dem Bestand von Alice.

Ich war mir nicht sicher, aber die Kammer, inzwischen ein Depot für Eimer, Besen und eine elektrische Bohnermaschine, musste einmal die Gerätekammer des Instituts gewesen sein. Es gab einen Aktenschrank, an dem die Schürzen der Putzfrauen hingen. Draußen auf dem Flur blieb es ruhig. Ich wollte einen Beweis, irgendein Erinnerungsstück, und öffnete den Schrank. Außer einem Transformator, dessen Anschlüsse völlig oxidiert waren, fand ich nur noch einen Schaltplan; es schien sich um die Sendeanlage eines Wetterballons zu handeln.

Ich war enttäuscht. Die Kerze flackerte und begann zu rußen. Den Plan noch immer in den Händen, hörte ich draußen jemand über den Flur gehen. Dann, und es musste weit entfernt sein, begann jemand zu lachen, worauf das Schrittgeräusch verstummte. Keine Beweise: Ich faltete den Plan zusammen und legte ihn zurück. Und in diesem Augenblick setzten die Schritte wieder ein.

Jede Uhr ist ein Zeitzünder. Man muss den richtigen Moment erwischen, darf den Einsatz nicht verpassen. Hätte ich ein umwickeltes Bleirohr mitnehmen sollen oder das verschmorte Reichskabel? Für ein paar Schläge wäre es sicher noch gut gewesen. Oder hätte ich, abgeschirmt mit der linken Hand, eine Rasierklinge, ein aufgeklapptes Rebmesser zeigen sollen? Man fügt dem Gegner Wunden zu, die sich nur schwer schließen. Ich öffne-

te die Tür, in der linken Hand die abgebrannte Kerze, und sah, wie ein Mann die Toilette betrat.
Es war Joachim Pasch, mein Prüfer, der Konstrukteur des Strahlenkranzes. Langsam, um keinen Argwohn aufkommen zu lassen, trat ich neben ihn an die Rinne. Was jetzt geschehen würde, hing nur noch von mir und meinen Einfällen ab. Ich wollte eine andere Prüfung: Jetzt sollte er reden, sollte erklären, warum er damals der Kommission nicht widersprochen hatte.
Den Reißverschluss meiner Hose öffnete ich nicht. Und wozu brauchte ich die Kerze? Die Zeit der Täuschungsmanöver war vorbei. Auch Pasch schien das begriffen zu haben.
„Zindel“, sagte er, „Georg Zindel. Prüfungskandidat. Nicht wahr?“
Und dabei schüttelte er den letzten Tropfen ab.
„Es ist schön“, sagte ich, „dass Sie mich sofort erkannt haben; das erspart uns Zeit. Warum haben Sie der Kommission nicht die Wahrheit gesagt? Sie wussten doch von Henschkes Ehrgeiz.“
Pasch lächelte, während er noch immer an seinem Hosenschlitz nestelte.
„Richtig, ich erinnere mich. Die Versuche mit dem Strahlenkranz. Ihre Photos haben mir gefallen. Und die Ruckstufen; saubere Arbeit. Schade, dass sich inzwischen niemand mehr dafür interessiert. Suchen Sie sich ein neues Thema. Beim zweiten Anlauf werden Sie es schaffen.“
Er hatte seine Jacke geordnet, war zur Tür gegangen, und das Gewitter wollte sich verziehen, bevor es zur ersten Entladung kam.

„Es gibt keinen zweiten Anlauf“, sagte ich, „nicht ohne den Strahlenkranz und die Messgeräte. Außerdem bin ich exmatrikuliert. Das wissen Sie genau.“
Eine bessere Antwort war mir nicht eingefallen, aber aus irgend einem Grund reichte sie doch aus, um Pasch für einen Moment zu verwirren. Er blieb stehen, streifte mit der Hand über die Krawatte, um dann, aber da hatte er sich bereits gefangen, mit der anderen, der linken Hand, die Türklinke zu umfassen.
„Hören Sie doch auf “, sagte er, „Sie machen sich lächerlich. Fehlt Ihnen der Sinn für Ökonomie? Ohne Diplom haben Sie keine Chance. Nicht als Meteorologe. Sie melden sich bei mir!“
Wahrscheinlich wollte er mit seinem Kommandoton die alte Distanz wiederherstellen, aber für mich war es das Signal zum Angriff. Ich trat näher, nahm ihm seine Goldrandbrille, dieses blitzende Himmlergestell, vom Gesicht und musste mich kaum strecken, als ich es auf den Spülkasten legte.
„Wir haben“, sagte ich, „einen gemeinsamen Freund. Er war in Nordhausen dabei, als Sie ihre Versuche mit dem Strahlenkranz abschlossen.“
Er wisse nicht, antwortete Pasch, wovon ich rede.
Rudolph Neubert, sagte ich, sei inzwischen Wirt, brenne Schnaps und trinke zuviel; wahrscheinlich besitze der Fahrer nicht einmal mehr einen Führerschein. Aber an die alten Geschichten erinnere er sich noch immer.
Keine Antwort.
Er müsse den Wehrmachtsfahrer kennen, drohte ich, solle nachdenken, nur dafür werde ein Professor bezahlt.

Vielleicht wirkte ich nicht entschlossen genug, hätte tatsächlich eine Stahlrute, ein Messer oder wenigstens eine Nagelfeile zeigen müssen: Je absonderlicher die Waffe, desto größer die Unsicherheit, die ihn schließlich überwältigt und zum Sprechen gebracht hätte. Aber die Spannung begann zu sinken, wurde schwach, reichte selbst für eine Verpuffung nicht mehr aus.

„Was Sie wissen", sagte Pasch und lächelte, „sind ein paar Anekdoten, wie sie jeder Soldat gerne erzählt; ohne jede Beweiskraft. Damit können Sie weder vor der Kommission bestehen noch einen Wissenschaftler überführen. Denn das ist es doch, was Sie wollen: einen Sündenbock für ihre kranken Phantasien. Ersparen Sie mir, und vor allem dem Institut, Ihre Nachforschungen."

Er hatte mich in die Ecke verwiesen. Was ich über ihn und seine Arbeit in Nordhausen wusste, stammte von Neubert; Erzählungen aus zweiter Hand. Und jene Hefte, die mir der ehemalige Fahrer zum Schluss überlassen hatte, waren verschlüsselt mit einem Code, wenn es überhaupt einer war, den ich nicht entziffern konnte. Vielleicht verbarg sich hinter den Punkten auch etwas völlig Unwesentliches; zum Beispiel die Wintertemperatur von Stalingrad; eine ziemlich konstante Zahlenreihe, in Beziehung gesetzt zur Tauglichkeit von Gewehrverschlüssen oder den Flugzeugmotoren der Ju52; Varianten des Kesselsyndroms im Januar 1943, als die letzte Maschine, wie es hieß, überladen mit Spezialisten, Schwerverwundeten und sieben Säcken Feldpost aus der Hölle aufstieg, während auf den Tragflächen ein paar Soldaten, geschüttelt vom Wahnsinn und Propellerdruck, endgültig abließen; starre Engel, die lautlos zurückschwebten, in die Ruinen der Stadt.

Aus. Und vorbei. Kein Angriffswetter und auch keines zur Flucht. Noch einmal waren die Karten gemischt, für ein Spiel, aus dem Pasch jetzt aussteigen wollte und schon an der offenen Tür stand, wo ich ihn erwischte, mit der linken, der ungeschickten Hand. Sein Kopf krachte gegen die Kacheln, Blut schoss aus der Nase und Schmerzen gleich Leuchtspur ins Hirn. Farbige Tränen hätten ihm über das Gesicht laufen müssen, was ihn, leise jammernd und ohne Brille, noch erbarmungswürdiger gemacht hätte. Es waren nur wenige Schläge die trafen, bis er sich aus dem Griff losriss, den Schwung mitnahm, in eine Drehung taumelte und stürzte.

Sein Füllfederhalter war aus der Jacke gerutscht und lag in der bräunlich verfärbten Rinne. Er kroch näher, schien seinen Ekel niederzukämpfen, wollte das wertvolle Stück retten, als ein Rauschen einsetzte, sich steigerte, und Wasser aus den Spülknöpfen schoß, über seine Hände spritzte, und schließlich auch über seinen Kopf. Der Füller, dieser kleine Aal, glitt die Rinne entlang, bis zum Gully, in dem er, aufrecht gekippt, als handle es sich um einen militärischen Gruß, verschwand.

Joachim Pasch schrie nicht Alarm, nicht Hilfe, Überfall und Sauerei. Er beherrschte sich noch immer, war zum Gully gekrochen, fingerte in den schwärzlich oxidierten Schlitzen, versuchte, was ziemlich aussichtslos war, den verschraubten Deckel anzuheben, um den Füllfederhalter, als sei der, und nicht die Hefte, das Entscheidende, zu retten.

Ich hatte genug gesehen, wandte mich ab, trat hinaus auf den Flur, wo noch immer meine Tasche stand, darin die grauen Hefte; eine leichte Fracht. Ich klemmte sie unter den Arm und rannte los.
Über den nächsten Augenblick hinweg kann nicht gesehen, nur gedacht werden. Jener Satz stammte von Ernst Bloch und war die Unterschrift zu einem Photo, das einen Bob zeigte, der über den Rand einer Eisrinne schoß. Es war ein unscharfes Bild. Das Gefährt, bereits in der Kipplage, zeigte Kufen; Fliehkraft presste die Köpfe der Piloten an die Brust.
Über den nächsten Augenblick hinweg kann nicht gesehen, nur gedacht werden. Es war jener Satz, der damals aufblitzte, als mir Werner Göller, der Assistent, auf dem Flur nachrannte, um mich zu stellen. An den Wänden hingen, neben Landkarten und Aufnahmen von Wolkenformationen, auch die Schaustücke früherer Exkursionen. Und während ich daran vorbeihetzte, fiel mir ein, dass auch die grauen Hefte in einer der schlecht beleuchteten Vitrinen hätten liegen müssen.
Es war eines der gelochten Sandbleche des Institutsrovers, das ich zu fassen bekam und mit einem Ruck von der Wand riss. Und erst jetzt kam das passende Bild, das ich gerne verlangsamt hätte, um gebannt zu schauen, so wie man im Zirkus oder Varieté eine gewagte Nummer verfolgt, als Göller über das Blech sprang, ausrutschte, sich fangen wollte, mit schlegelnden Armen, aber, zu spät ist immer zu spät, dennoch stürzte und, den weißen Labormantel zu Flügeln gespannt, in eine Vitrine rauschte.

Scherbenregen. Das alte, maßstabsgetreue Modell der Alpen wankte, schlug neben Göller auf und zerbarst. Dann war auch er verschwunden, hinter einer Wolke aus Gips.
Die Tür stand offen. Es gab keine Wachsoldaten, keine hausgemachten Drogen, und selbst der Sommer war inzwischen vorbei. Ich rannte weiter, sah das Rondell, in dem keine Rosen blühten, sondern nasses, gehäufeltes Laub lag; wurde schneller, überquerte die Straße, unter dem Arm die Tasche mit den Heften. Ich konnte nicht zurückschauen zum Institut, von dessen Fassade die Reichsadler und Hakenkreuze längst abgeschlagen – und die Reste, brandige Kränze, mit einem Sandstrahler verschliffen waren.
Schweiß begann zu rinnen; hinter den Schläfen knackte es. Die Sirenen waren verstummt. Aber hier hatte einmal ein Seifenladen gestanden und dort ein Geschäft für Posamenten, daneben ein Stehausschank mit der Tauschzentrale für Zigarettenbildchen. Es hatte Luftschutzübungen gegeben, Eintopfsonntage und die Altmaterialsammlungen der HJ. Auch durch diese Straße waren die Jungen gezogen, mit Kinderwagen voll Schrott. Die ausgedrückten Zahnpastatuben, zu Bergen aufgehäuft, wurden sortiert: Leichtmetall, das den Krieg verlängern sollte.
Aber es gab auch den Strahlenkranz und die Hefte. Eine Gleichung, die nicht aufging. Alle Tage war nicht Sonntag.

Die Aufgabe des Strichers

Ich lag im Bett und lauschte, atmete verhalten, doch das Läuten der Klingel blieb aus. Vielleicht hatte ich mich getäuscht, hatte, gebannt vom Abspann eines Traums, dessen Anschlüsse retten wollen; ein elektrischer Pfad für versunkene Bilder, doch wären dann gebündelte Glasfasern wichtig gewesen und nicht die Kupferdrähte der Klingel, draußen vor der Tür.
Aber weil ich jetzt wach war und außer meinem Atem nichts hörte, drehte ich mich zur Seite und schaute zum Schreibtisch, darauf die wenigen Unterlagen, die mir geblieben waren, als könnte von dort ein Hinweis kommen, eine Losung für den Tag. Doch es geschah nichts. Nur der Geruch der desinfizierten Decken schien stärker geworden zu sein. Sie waren ein Geschenk Musahs, grau wie die Hefte; ein Vergleich, der auch nicht weiter half.
Ich war in die Küche gegangen, stand am Ausguss und schaute hinauf zur Decke, wo ein geplatztes Wasserrohr im letzten Winter seine rostbraunen Mäander hinterlassen hatte. Und während ich, den Blick noch immer nach oben gerichtet, meine Unterhose herunter streifte, musste ich an das Gemälde von Hendryk Vurens denken, Titel: *Tegen Het Vergeten;* eine Reproduktion hing in Paschs Büro. Am unteren Rand des Bilds pflügte eine Kirchenglocke durch den Schnee; ein Schornstein, umflort vom Ruß, rutschte über das Dach einer Wirtschaft, und draußen vor dem Dorf, hervorgehoben vom Licht der Blitze, flatterten Amulettzettel an Kreuzen, schienen um Vergebung zu bitten – während ein Kugelblitz, als müsste die wüste

Szene noch gesteigert werden, das Bild diagonal durchmaß. Einschlag. Aus und vorbei. Ich gab dem Druck nach, und lenkte meinen Strahl in den Ausguss, dicht neben das schmutzige Geschirr, als gelte es, die anrückenden Bauern, die von rechts ins Bild drängten, beim Löschen zu unterstützen.
Draußen schrillte die Klingel. Ich spülte nicht, schlich zur Tür, hob die Briefklappe, spähte hinaus, dachte noch immer an das Bild von Vurens, eine Darstellung der sieben Blitze, gemalt, wie der Titel übersetzt lautete, *Gegen das Vergessen.* Und noch einmal schrillte die Klingel.
„Winterhilfe“, wurde gerufen, „wir sammeln für die Winterhilfe.“
Es war die Stimme von Alwin Maucher, und es war die Losung für den Tag.
Ich öffnete. Maucher war in Begleitung des Generals. Die beiden hatten mir vor den Sommerferien die Anstellung bei einem Trödler verschafft. Der General trug seinen Maulwurfsmantel, aus dem er eine Tüte mit gebratenen Hühnerflügeln und eine Packung Eiskonfekt zog; die bunten Stanniolhütchen glänzten verführerisch. Ich bat die Männer herein. Doch bevor ich die Tür schloss, drückte ich die beiden Kupferdrähte hinter den Rahmen; eine Vorsichtsmaßnahme; den Klingelknopf hatte ich schon vor Wochen abgeklemmt.
Mit der Arbeit an den grauen Heften war ich nicht weitergekommen. Daran musste ich denken, während ich zwei Pullover übereinander streifte, meine Hose suchte und dann die verkrusteten Socken, die auf dem Schreibtisch lagen, gnädig bedeckt mit Papieren.

Es gab, das hatte ich herausbekommen, einen Zusammenhang zwischen der reichsdeutschen Wetterforschung und den V2-Raketen, deren Flugbahn oft instabil gewesen war, als hätten sie unter so etwas wie Wetterfühligkeit gelitten, ausgelöst vom Druckgefälle eines Sturmwirbels über dem nördlichen Eismeer. Auch konnte der Stand der Sonne von Bedeutung gewesen sein; eine Art solare Tarnung, für die auf Zielkurs fliegenden Raketen. Was die deutschen Techniker und Meteorologen allerdings gehasst und noch nicht verstanden hatten, war die Wirkung der atmosphärischen Störungen gewesen, knisternd ferne Wellen, die den Funkverkehr störten, die Magnetschleifen der Steuerung zirpen ließen, bis die gespeicherten Koordinaten sich selbst zerhäckselten, wobei das Zeitschaltwerk überdrehte, und die Rakete – der Störfall hieß *Kopfsprung* – in die Nordsee stürzte und dort explodierte. Doch wenn davon in den Heften die Rede war, wozu hatten dann die Versuche mit dem Strahlenkranz gedient? Waren die Startkabel der Raketen mittels abgeleiteter Blitze auf ihre Tauglichkeit geprüft worden? Oder wollte man die Raketen, geschützt mit dem Strahlenkranz, immer kurz vor einem Gewitter zünden, um so der Mannschaft einen magischen Effekt zu schaffen, der sie vom Risiko einer vorzeitigen Explosion abgelenkt hätte? Besondere Bedeutung schien dabei dem schwarzen Reichskabel zuzukommen, eine Art Universalanschluss, der sich sowohl für die Grubenlokomotive, den Strahlenkranz als auch für die Raketen hatte verwenden lassen.

Ich stand am Schreibtisch, in der Hand die schmutzigen Socken, und betrachtet die Zeichnung, die ich im November angefertigt hatte. Es war ein Aufriss der Anlage in Nordhausen. Ich hatte mich festgefressen in diesem verzweigten System, stocherte in technischem Gerümpel, ohne einen schlüssige Antwort zu finden. Doch wenn es eine solche gab, das ahnte ich inzwischen, dann konnte sie nur von unten kommen, aus dem Schutt und Dreck. Die Dinge, hatte Neubert damals gesagt, bleiben, sie fliehen nicht.

Der General musste schon eine ganze Weile hinter mir gestanden haben, beugte sich jetzt über mich, um die Zeichnung genauer zu betrachten. Ich fühlte mich ertappt, hatte den Geruch des Maulwurfsmantels nicht bemerkt und nicht die Hand auf der Schulter; eine lächerliche Wiederholung, wie damals, als ich Walawalker zum ersten Mal begegnet war und er über meinen Kinderrucksack gespottet hatte. Es sind, dachte ich, geschickte alte Männer, und wenn du nicht aufpasst, treiben sie dich in den Untergang.

Doch ich war gewappnet. Als mir Neubert bei der Abreise aus Nordhausen die grauen Hefte zugesteckt hatte, wusste ich, dass ich für ein sicheres Versteck sorgen musste. In einer Tupperschachtel, Aufdruck *Zogala,* was auf Nigerianisch-Haussa Meerrettich bedeutete, aber auch herzliches Beileid, hatte ich die Hefte nach Berlin gebracht und im Eisfach meines Kühlschranks deponiert.

Wir waren in die Küche gegangen. Maucher kochte Kaffee und verteilte die Hühnerflügel.

Der Advent, sagte der General, sei die Zeit der sterbenden Rentner; alle wüssten es, und trotzdem habe er nicht genügend Helfer, um die Wohnungen zu räumen. Ob ich

einspringen könne?
Ich hatte mir einen Hühnerflügel genommen. Er sah aus, als sei er mit einer Lötlampe geröstet worden; das Fleisch unter der Haut schimmerte roh. Der General wartete, schaute mich an, stocherte lustlos im Nachtisch, dem zartbitteren Konfekt. Ich musste mich entscheiden. Entweder hatte Pasch Anzeige erstattet und ließ mich suchen, oder er wollte unerkannt bleiben, und hatte, doch das wäre das kleinere Übel gewesen, seinen Assistenten auf mich angesetzt, der nach dem Sturz in die Vitrine sicher genesen war. Die Arbeit bei den Trödlern war anstrengend, konnte aber eine gute Tarnung sein.
Ich sei einverstanden, sagte ich zum General, und würde mithelfen, bräuchte aber einen Vorschuss.
Der General lachte, schob die leeren Hütchen zusammen, stocherte zwischen den Zähnen, wo sich vermutlich ein Rest Stanniol verhakt hatte.
„Du weißt", sagte er, „Du kannst gut verdienen. Aber keine Gemeinheiten!"
Und dann zog er aus der Manteltasche einen Schuppler, einen glatten, frischen Schein; einhundert Deutsche Mark.
Mitgegangen heißt mitgefangen. Ich wusste, worauf ich mich eingelassen hatte, und während wir im Hausflur auf Fogge warteten, einen alten Stricher, der uns im Wagen mitnehmen würde, erinnerte ich mich an das Eiserne Gesetz, auch Bismarck genannt: „Wer bei einer Wohnungsauflösung Schmuck oder Geld findet und unterschlägt, der kommt in die Wanne." Es war das erste von zehn Gesetzen, die sich die Trödler, die An-und Verkäufer aus

dem Kreuzberger Südwesten gegeben hatten, und die sie unnachgiebig befolgten; alte Männer, denen die Frauen weggestorben waren, ebenso wie die Jungen, die es in keinem Beruf lange ausgehalten hatten, und, von der Anzahl eher unbedeutend, einige gescheiterte Studenten. Wir waren aufgeteilt in sogenannte Kommandos: die Pharisäer, die Laugenbengel und die Apachen. Die unsinnige Strenge und Rangordnung innerhalb der Kommandos gefiel mir nicht, und ich glaubte auch nicht, dass durch jene Arbeit eine Sicherheit in meinen regellosen Alltag kommen würde; dennoch gehörte ich dazu. Und als sollte dies beglaubigt werden, hatte der General die aufgebrochenen, teils rußverschmierten Briefkästen an der Wand abgezählt, meinen Hühnerflügel genommen und in den für mich bestimmten Kasten gesteckt: Mitgegangen heißt mitgefangen.

Mir fiel ein, was Joachim Pasch, der ehemalige Wetteroffizier, zum Schluss seiner Vorlesung gesagt, und was ich, durch den Beifall der Studenten hindurch, dennoch genau verstanden hatte: Für die meisten von uns, hatte Pasch gesagt, würde das Sommersemester ohne Überraschung enden.

Ich betrachtete den Briefkasten genauer, als könnte diese verdreckte Black Box eine Vorhersage, einen Blick in die Zukunft geben, was mich auf meiner Suche noch erwartete. Ich stellte mir einen Papierstreifen vor, der sich aus dem Schlitz spulte, bedruckt mit Windfähnchen, Doppelblitzen, Morsezeichen und den wichtigsten astronomischen Kürzeln der Nazca-Indianer: die Spinne, der Wurm, die magere Katze.

Bevor wir eine Wohnung räumten, musste die Einrichtung registriert, der Wert des Inventars geschätzt werden; das war die Aufgabe des Strichers. Bei jenem Gang durch die Wohnung schien es, als wollten die Gegenstände ihre Bedeutung mindern, sich gegenüber der Neugier des Strichers verschließen, was eine eigentümliche Spannung erzeugte, die half, wirklich seltene Stücke zu erkennen; ein Vorgang, den ich bei meiner Suche gerne ausgenutzt hätte. War die Liste des Strichers vollständig, dann kamen die Pharisäer, denen ich zugeteilt war, und besorgten den Abtransport.
Die Laugenbengel wurden besser bezahlt als die Pharisäer, doch ihre Arbeit war eintönig. Sie zerlegten die Schränke, Vitrinen und Betten, lösten Schrauben und Beschläge vom Holz, und tauchten die Teile in ein Laugenbad. Die Bengel, die seit Jahren im Keller an den Wannen arbeiteten, hatten eine großporige Gesichtshaut und zerfressene Nasen, geschmückt mit Ringen und Perlen. An den Fingern fehlten die Nägel, die Handrücken waren aufgeplatzt und bedeckt mit hellroten, schlecht verheilten Narben, die von den Klingen stammten, mit denen der Lack abgeschabt wurde.
Da die Bengel den Plunder und Dreck, die oftmals elende Hinterlassenschaft in den Wohnungen nie sahen, blieben sie mutig. Manchmal verschwand eine restaurierte Biedermeierkommode stückweise, tauchte nicht mehr auf in der Lagerkartei, wurde nebenbei verkauft. Die Laugenbengel ließen uns spüren, dass wir nicht zu ihnen gehörten, fluchten über den Gestank, der schon nach wenigen Tagen in unseren Kleidern nistete, den auch das Desin-

fektionspulver nicht erträglicher machte. Im Keller waren Duschen installiert. Doch es gab niemand, der jemals hinter der eisernen Tür mit dem Guckloch verschwunden wäre, um, wie es hieß, zu brausen.

Vielleicht war es die Arbeit der Räumkommandos, die Vielfalt der Wohnungen, diese, trotz Listen und Lagerkartei, kaum gebändigte Unordnung, die in den Männern jene Wortschöpfungen und Sammelleidenschaft entfachte. Alwin Maucher, der ehemalige Student der Theologie, besaß eine Sammlung Nagelfeilen, die er beständig erweiterte. Es waren höchst seltene Stücke darunter; eines hatte angeblich dem Reichsführer SS, Heinrich Himmler, gehört, wenngleich nur schwer vorstellbar war, dass er sich seine Finger selbst manikürt hatte.

Unser Geschäftsführer hieß Joschi Zimmetbaum. In seinem Kellerbüro stand ein gusseiserner Ofen, in dem er jeden Morgen ein paar Stücke Koks verbrannte. Wir mussten uns um den qualmenden Ofen stellen, an den Händen fassen, Männer, mit schlecht rasierten Wangen, die Kleidung verludert; doch einige von uns verfügten über ein absonderliches Wissen.

Die Fäden der Pharisäer und Laugenbengel liefen zusammen bei den Apachen. Sie waren die eigentlichen Herrscher, regelten den Verkauf wertvoller Stücke, verschacherten den Plunder, die gebrauchte Wäsche, Geschirr und, eine besonders trostlose Ware, silberne Essbestecke, aufgebahrt zwischen Samt.

Die Apachen waren nicht die Besitzer der Trödelläden, sondern Mittler und kundige Restaurateure. Sie waren die Könige. Sichtbares Zeichen ihrer Zunft war der langge-

wachsene Nagel am linken kleinen Finger, unter dem Trauerdreck schimmerte. Wichtig war auch, je nach Rang, ein weiches Halstuch in Zinnober, Ocker oder Marienblau, die Farben der Spitzbogenfenster des Münsters von Straßburg. Jenes Halstuch zu tragen war Pflicht.
Ich besaß kein solches Halstuch, es stand mir nicht zu; ich gehörte zu den Pharisäern, was ein Vorteil sein konnte: Der ständige Wechsel zwischen den Wohnungen und dem Trödelkeller bot Schutz vor Entdeckung auf Dauer. Im November, als ich damit begonnen hatte, den Aufriss des Stollens zu zeichnen, war ich einmal unvorsichtig gewesen, und hatte, ohne mich zu vergewissern, die Türe geöffnet, vor der ein Stadtstreicher stand, ein eisgrauer, abgehärteter Penner, der Rasierklingen verkaufte. Sein Auftritt hätte bereits die Läuterung sein können: Wenn ich hinter das Geheimnis der Hefte kommen wollte, dann durfte ich nicht am Schreibtisch sitzen bleiben, sondern musste mich auf die Suche machen, ähnlich wie es Alice getan hatte. Vielleicht würden sich, inmitten von Trödel und Ramsch, Teile finden, Prägeschienen zum Beispiel, oder ausgeschlachtete Hollerithkästen; vielleicht eine Zählachse, die, geschickt montiert, die Entschlüsselung der Hefte doch noch ermöglichte. Ich wusste, es gab das Ersetzungs- oder Tauschsystem, durchgeführt mit dem Kryhakasten; das Additions- oder Reihungsverfahren, auch bekannt als Zahlenwurm; die entsprechende Maschine, eine Enigma, eingesetzt von der deutschen Wehrmacht, konnte 22 Milliarden Kombinationen ohne Wiederholung verschlüsseln. Alan Turing, ein englischer Mathematiker, hatte den Code 1943 gesprengt. Schließlich gab es

noch das sogenannte Fünferalphabet, ein simples Verfahren mittels Tonbandschleife, das klang wie das Gelächter aus der Trommel eines Betonmischers und, wiederum ernst zu nehmen, das Wortwort- oder Würfelverfahren, mit zumeist lyrischen Mustern. Ein bekanntes Beispiel lautete:

„Dielensepp, Dielensepp,
auf Sonnenschein folgt Regen.
Wenn der Rausch verschlafen ist,
dann kann er wieder sägen."

Ribes Feluke war ein Café in der Tempelherrenstraße. An der langen, mit Zinkblech beschlagenen Theke saßen Araber, Türken und Schwarzafrikaner, und dort trafen wir auch die Hausmeisterin, die uns weiterhelfen sollte. Die Frau trug einen Overall aus rosafarbenem Lurex, als gehöre sie zu einem gemischten Kader von Skispringern.
Ob der Nachlassverwalter, die Morchel vom Amt, die Wohnung freigegeben habe, fragte der General.
Sie wisse, was sich gehöre, also nichts, antwortet die Hausmeisterin.
Dann zog sie den Reißverschluss bis zur Brust herunter, wobei ein Kettchen zum Vorschein kam, an dem neben einem goldenen Kreuz verschiedene Schlüssel hingen; einen gab sie dem General.
Der Rentner, murmelte sie, sei in einem Klappsarg beerdigt worden; Kerzen und Blumen waren echt; dazu habe das Geld gereicht.
Wir grüßten und verließen das *Schiff für Johannisbeeren,*

wie das arabische Café auf deutsch hieß, sahen noch, wie ein junger Kerl sich der Frau zuwandte und den Arm um ihre Hüfte schlang.
Es war eine kleine Wohnung; überschaubar; die Stille machte sie groß. Auf dem Parkett lagen schwere Teppiche. Es war kein Verdacht aufgekommen, als der Rentner die elektrische Kaffeemühle wie eine Sirene hatte aufheulen lassen: Sein Notsignal war ungehört verklungen. Drei Monate zu spät, sagte Fogge, seien die Männer vom Rettungskommando gekommen. Bevor sie die Tür aufbrachen, hatten sie sich vorschriftsmäßig Gummihandschuhe übergestreift, weshalb wir sie verachteten.
Es war keine Fundgrube, das erkannte ich rasch, obwohl ich längere Zeit nicht mehr gearbeitet hatte. Am Fenster fand sich ein Briefmarkentisch mit Leuchtlupe, Pinzetten und Alben. Der Rentner hatte Marken aus dem Bereich der Flug- und Schiffsnavigation gesammelt, vielleicht eine Vorbereitung auf seine letzte Fahrt, wozu auch ein Stück Seehecht passte, die Schwanzflosse vereist und steil nach oben gebogen, zurückgelassen auf einem Teller im Kühlschrank.
Auf den Marken waren Sextanten, Schiffsthermometer, Höhenmesser und Behm-Echolote abgebildet; ein Delphin, Name Berry, den die amerikanische Marine als Minensucher eingesetzt hatte, war, so las ich, im Kampf gefallen. Die Sammlung mochte wertvoll sein, half aber so wenig weiter wie ein gläserner Stöpsel, den ich in einer Schublade fand. Er stammte von einer Arzneiflasche, war angeschmolzen; im grün verfärbten Glas steckten verkohlte Splitter, was auf einen Brand schließen ließ, ausge-

löst durch eine Phosphorbombe, jedoch kaum durch einen Blitz.
Was suchte ich in dieser fremden Wohnung? Mir fiel Alice ein, die auch die unscheinbaren Dinge gesammelt hatte, um sie, wenn nötig, wieder zusammenzufügen. Seit unserer Bunkerfahrt hatte ich nichts mehr von ihr gehört.
„Man wird traurig", sagte der General, „wenn man den Dreck alter Leute sieht."
Dann schob er seine Kappe mit dem Genickschutz zurecht, lachte und sagte, ich solle endlich zupacken, malochen, rabotti Sarotti, nur für die Arbeit würde ich bezahlt.
Gemeinsam rückten wir ein Ledersofa von der Wand, um es anzuheben, als Gestank aufwallte. Wir hielten inne: Vor uns, auf dem Parkett, lag eine tote Katze, den Kopf umgarnt mit Spinnweben, in mehreren Lagen. Die Augen des Tiers, ähnlich eingetrockneten Weintrauben, waren noch zu erkennen.
Die Sonne war durchgekommen, ließ die Gaze auf dem Schädel der Katze silbern schimmern. Der General schrie Sauerei, fluchte über die Hausmeisterin und den Stricher, verlangte Kleingeld, ein Telephon und dann einen Eimer, den ich ihm brachte. Als er das Tier anhob, sahen wir, dass die Bauchdecke fehlte; der Kadaver, von Maden ausgefressen, schien im Sonnenlicht unmerklich zu zittern.
Bei meiner Suche musste ich vorsichtig bleiben. Der General, das wusste ich, legte Köder aus, wollte uns Diebstähle anhängen und strafen. Es waren keine idealen Bedingungen. Jede Unachtsamkeit, jeder zögernde Handgriff konnte ihn in seinem Misstrauen bestärken. Auch

deshalb hatte ich mich antreiben lassen, war über Treppen gehetzt, schleppte mehr als verlangt, tat, als sei ich dankbar für soviel schlecht bezahlte Arbeit.
Später, als wir am Fenster standen, uns ausruhten und Zigaretten rauchten, sagte der General, es sei schade um das Katzenfell, er hätte es gebrauchen können.
Wozu, fragte ich, bekam jedoch keine Antwort.
Vielleicht wollte er damit nachts seine Hüftbeschwerden lindern oder, auch möglich, mit einem Stück Fell den schwarzen Mantel ausbessern, in dessen Taschen neben Geld und Konfekt auch der Britzer Rosenstock steckte, ein federnder Totschläger mit Schlaufe.
Warum er uns mit jenem Gerät drohe, hatte ich gefragt. Als ehemaliger Offizier und Führer eines Stoßtrupps habe er das nicht nötig, könne mit einer Pistole umgehen, damit seien die Partisanen an den Rand der Grube getrieben worden, hopp, hopp, Kopfschuss bleibe Kopfschuss und Befehl Schnaps.
„Du redest zuviel, Zindel“, antwortete er, „und stinkst aus dem Maul. Entweder hast du einen schlechten Magen oder Maden unterm Gebiss.“
Jetzt lachten wir beide und doch jeder für sich, gingen noch einmal durch die leeren Zimmer, zum Schluss in die Küche, wo Maucher und Fogge warteten.
Der Erbgang war zu Ende, es gab nichts mehr zu tun. Unter der Spüle, sagte Fogge, habe er noch ein Holzbein gefunden, was bedeute, es gehe voran. Es war ein leichtes Modell aus Bruchweide, wie es auch mein Vater nach dem Krieg benutzt hatte. Am Schaft der Prothese, die nach Kampfer roch, waren ein paar Karabinerhaken einge-

schraubt. Der Rentner, hatte die Hausmeisterin erzählt, habe noch stundenweise als Künstler im Varieté gearbeitet. Vermutlich hatten jene Haken am Bein als Halterung für Wurfmesser oder einen komplizierten arabischen Seiltrick gedient.

Im Führerhaus herrschte Enge. Fogge ließ den Anlasser orgeln, gab Gas; wir saßen auf Kisten und Koffern, als probten wir die Flucht. Das Holzbein lag quer und wurde, wenn Fogge schalten musste, auf sein Kopfnicken hin hochgehoben.

Ob von den Herren jemand Hunger habe, fragte der General, der mit vollständigem Namen Ernst Ulrich Pudenko hieß und aus Hannover kam. Die Antwort hatte er nicht abgewartet, sondern nach hinten gegriffen, wo eine Kiste mit Dosen stand, sogenannte Senatsreserven, eingeflogen von amerikanischen Dakota-Maschinen seit 1948, dem Jahr der Rosinen.

Der Rentner musste die verlöteten Rationen von Anfang an gesammelt haben. Die Banderolen auf den Dosen waren unleserlich und völlig verwittert. Mit einem Hirschfänger, einem kurzen Jagdmesser, öffnete der General zwei Dosen und zerteilte den Inhalt. Es schien sich um Schmalzfleisch zu handeln, doch das Fett der ehemals kostbaren Nahrung hatte sich verflüchtigt, das fasrige Fleisch glich hellgrauem Werg.

Ähnlich im Geschmack, behauptete Maucher, sei nur Rentierlende, er habe es in Kuopio, Finnland, probiert, beim Abschiedsmahl in einem christlichen Zeltlager.

Dann griff er sich ein Stück Trockenfleisch aus der Dose, kaute voller Zuversicht; Durchfall oder Vergiftung schien

er nicht zu fürchten.
Gefährlich blieben die Konserven dennoch, besonders wenn Hitze und Erschütterung einwirkten. Tomatenpüree explodierte sofort, Ananas in Weißblech blieb stets tückisch, beulte das Blech, eine Art chemischer Zeitzünder; wer wollte, konnte die Verfallszahlen rauschen hören, kurz vor dem entscheidenden Schlag. Harmlos hingegen war Gulasch, da die Soße mit dem Blech eine Elektrolyse einging, wobei sich die Spannung absenkte, und schließlich selbst vernichtete. Einmal, erzählte Maucher, habe er einen Diplomatenkoffer mit fünf Flaschen Sprudel transportiert. Doch entweder war in jenen Flaschen Leichtbenzin ohne Geschmack, oder die Kohlensäure des Sprudels hatte sich bereits über die Maßen gebläht, kurz, das flache Gepäck war während der Fahrt explodiert, wie eine zu schwach ausgelegte Flugzeugbombe. Seit jenem Vorfall, schloss Maucher, trage auch er eine Kappe mit Genickschutz.
Wir fuhren die Bergmannstraße hinunter, und ich betrachtete die Prothese. Am Knie befand sich ein vernickeltes Gelenkscharnier, ein bric à brac. Die Erfindung stammte aus dem Elsaß, wo nach dem Ersten Weltkrieg die besten Kunstgliedermechaniker gearbeitet hatten. Etwa zur gleichen Zeit, und es geschah zuerst in Berlin, zogen Invaliden mit ihren transportablen Drehorgeln durch die Straßen, sogenannte Hurdy-Gurdies, aus denen *Wellingtons Sieg* rauschte oder *Warum weinst du holde Gärtnersfrau?* Die Papierbänder mit den gelochten Melodien waren anfällig, quollen nach Regengüssen auf oder rissen bei schwankender Drehzahl ein, weshalb sie schon bald

durch Bänder aus Messing ersetzt wurden, auch bekannt als Invalidengold.
Der Kampf um die besten Stellplätze am Alexanderplatz hatte sich gelegt, als 1929 neben einer Annonce für *Doktor Scholls Prothesensalbe* ein neuartiges Orchestrion angeboten wurde, einfach in der Handhabung, die Rückzahlung bequem, geeignet auch für Blinde, was den Kampf um die Stellplätze erneut entfachte. Jenes Endlos-Pneumatische-Orchestrion, Handelsname *Epos,* besaß eine Schwungfettung, war wartungsfrei; die Mechanik, eine solide Kopie, kam aus Birmingham, der Verdichter aus dem Schwarzwald, montiert wurde bei Friedrich Ramlow, in Berlin-Kreuzberg, Schlesische Straße.
Als die Nachfrage nach Drehorgeln und Orchestrions stockte, sich auch mit dem Verkauf neuer Melodiebänder kein Geld verdienen ließ, konstruierte Ramlow aus den Ersatzteilen der *Epos* seine erste Rechenmaschine, die *Thales Prägnant.* Anfang des Jahres 1932, gezählt wurden Gewinne, Arbeitslose, die Toten noch nicht, kündigte er einen verbesserte Version an, die *Addiator Futur,* eine Stiftrechenmaschine für siebenstellige Zahlen. Es war jenes unverwüstliche Modell, das sich auch in den Schreibstuben der Lager fand, benutzt von den Buchhaltern des Todes.
Zum Schluss konstruierte Friedrich Ramlow, noch immer in der Kreuzberger Werkstatt, eine Codiermaschine, ein anfälliges Gerät, das nie zum Einsatz kam. Vielleicht hatte Pasch davon gehört und den Erfinder gebeten, die Maschine dem Reichswetteramt zu überlassen. Ramlows Spur verlor sich in Moabit an einer Panzersperre, einem

eingegrabenen brennenden Bus, verteidigt von einer Schar Hitlerjungen, im April 1945.
Wir waren nach rechts abgebogen, hinauf in die Schenkendorfstraße, Fogge bremste, der Hanomag rüttelte, stand schließlich still. Und während ich ausstieg, mit einem Bein draußen auf dem Trottoir stand, hörte ich, wie sich mit einem leisen Seufzer der Unterschenkel der Prothese streckte, als begrüße auch sie das Ende unserer Dienstfahrt.
Joschi Zimmetbaum stand vor dem Eingang zum Keller, daneben das Klapprad, mit dem er für uns in der Markthalle manchmal Bier, Hühnerflügel und eine Flasche *Geheimrat Borsig* holte, ein schwerer, havelländischer Birnenschnaps. Das Holzbein, Trophäe und Zierde, hängte ich über den Eingang. Dann luden wir den Wagen aus, schleppten treppab, treppab, auch Zimmetbaum half; und während er Platz schuf im Lager, alte Schuhe, paarweise verknotet, bis unter die Decke stapelte, sang er das Lied von der redlichen Arbeit: „A bissel und a bissel, werd scho a fulle Schissel."
Es hatte zu schneien begonnen. An der Hauswand lehnten Schubladen, Türen und Schrankbretter, rochen nach frischer Lauge. Im Windschatten einer Tür hockte ein Mädchen, zwischen den Knien einen Haselstecken. Wahrscheinlich hätte es mich, vertieft in sein Spiel, überhaupt nicht bemerkt, doch ich war für einen Moment stehen geblieben, lauschte einem leisen Geknister, ausgelöst vom sauren Schnee und den Laugenresten auf dem Holz, eine chemische Melodie.
Ob ich, flüsterte sie, der Nikolaus sei?

Ich verneinte.
Sie brauche einen weißen Stock; ohne braune Reste.
Dann reichte sie mir den Haselstecken.
Ich ging nach hinten in den Keller, wo die Wannen standen, das Reich von Max Ettwein. Er war ein alter Zausel, der die Wannen reinigte und die Lauge ansetzte. Ettwein saß am Tisch und vesperte, vor sich die Spachtel und Ziehklingen. Er war schwerhörig, doch als er meine Fingerzeichen verstanden hatte – der Lockfinger, unendlich die Schleife – da zuckte das pockennarbige Gesicht. Er stand auf und führte mich an eine große Wanne.
In der Plumpe, sagte er und lachte, sei die Lauge noch frisch; zum Beweis spuckte er hinein.
Drunten, im verschorften Schlamm, konnte man Kettchen, Schlüssel und Beschläge erkennen, teils gefügt zu Mustern, die urweltlichen Tieren oder Pflanzen glichen, ausgerüstet mit feinen Tentakeln. Ich kniete nieder, tauchte den Stecken an einem Draht in die Lauge; eine Absicherung, einen Haltegriff gab es nicht. Ettwein war an seinen Tisch zurückgekehrt, summte das Lied vom buckligen Männlein und schärfte die Klingen.
Der Stecken wurde hell. Rindenreste segelten abwärts, schwebten über dem Lackschlamm, schienen die Muster zu orten. Ich starrte unentwegt, als könnte von dort unten ein Hinweis kommen, wie die Hefte zu entschlüsseln seien, und in diesem Moment krachte mir ein Schlag ins Genick, warf mich nach vorn, an den Rand der Wanne. Sanitäter, schrie ich, nein, wollte ich schreien, heraus kam ein Gurgeln; Blut rieselte von der Stirn über die Nase zum Mund. Ich wälzte mich auf den Rücken,

hustete, verschluckte mich am Blut, das von innen kam, oder war es dünner Rotz? Ich riss die Augen auf, sah alles nur schemenhaft, getrübt. Es war weder Ettwein noch Pasch, dem zu solch einem Schlag nicht die Freude, wohl aber die Kraft gefehlt hätte; es war auch nicht das bucklige Männlein, das breitbeinig über mir stand, sondern der General, in der rechten Hand seinen Totschläger.
Eine Starre setzte ein, kroch vom Genick abwärts, meine Hand suchte den Stecken. Der nächste Schlag konnte die Schläfe treffen; unstillbar helles Blut; eine Vorstellung, die meine Panik befeuerte, den Blick wieder schärfte: Ich sah den spaltbreit geöffneten Mantel, dann, als sei ich erneut getroffen worden, schrie ich auf, rammte den Stecken nach vorn, einmal, zweimal, der General schwankte und stürzte über mich hinweg, bis zur Brust in die Lauge. Ich hockte mich auf, presste meine Hände auf die Wunde. Durch einen Schleier sah ich, wie der General hochgerissen wurde, mit einem Rettungsgriff, oft gezeigt in alten Berg- oder Kriegsfilmen, wobei Nässe und Dreck meist dramatisch funkelten. Es war Ettwein, der den General aus der Wanne gezogen hatte, jetzt hinter ihm stand, stützend half und, das erkannte ich nicht sofort, eine Ziehklinge an dessen Kehle presste, einen rostigen Tschuri, ihn spielerisch bewegte, als wolle er den General von der Wirkung der Waffe überzeugen. Mit einem Schlenker warf der General den Totschläger in die Wanne, worauf Ettwein mit seiner gurgelnden Stimme um Hilfe schrie.
Und sie kamen fast alle, drängten, schoben sich durch den Kellergang: Bandilla, Fogge, Myrtle, Golditz, Spengler, Liebetrau, Dalichow, der Pelikan, Scherpe und Mau-

cher – die meisten kannte ich nicht mit richtigem Namen – sie drängten weiter, Schlussverkauf wurde gerufen, und Eisern Union, was vielleicht die Klinge an der Kehle des Generals betraf, doch schließlich wurde es ruhig und es bildete sich eine Gasse für Zimmetbaum.

Was geschehen sei, sagte der, interessiere ihn nicht. Dass die Welt ein Sauhaufen sei, genau wie der Trödelkeller, und dass es hier wie dort Schläger und Betrüger gebe, wir wüssten es selbst. Der General kenne die Gesetze. Ich, der gescheite Student, sei Gast, mehr nicht; ich müsse mich fügen; kantapper, kantapper.

Ich wollte dagegen halten, Zimmetbaum den Überfall schildern, doch jetzt fuhr der General dazwischen, schrie, ich würde mich abseilen, vor der Arbeit drücken, sei keine Hilfe für die Pharisäer.

Wo war die Klinge? In der Wanne? In Ettweins Hosentasche? Ich wusste es nicht. Die Männer bildeten einen Kreis um den General und mich, der enger wurde, uns aufeinander zuschob. Und während wir uns die Hände schüttelten, flockten Fäden aus dem nassen Maulwurfsärmel, oder es war Ungeziefer, erstickt vom Cumarin, ein wirksames Gift gegen Holzwürmer. Feierabend wurde gerufen, die Versammlung löste sich auf. Zimmetbaum nahm mich mit in sein Büro, wo er die Stirnwunde zusammenschob und mit drei Stichen nähte.

Es wurde dunkel und noch immer fiel Schnee. Die ersten Straßenlaternen wurden angeschaltet. Wir standen auf dem Bürgersteig, schauten hinauf zur Prothese, die über dem Eingang hing; Licht und Nässe ließen sie geheimnisvoll glänzen.

Ob zu Hause jemand auf mich warte, fragte Zimmetbaum.
Ich antwortete nicht, dachte an Alice und daran, dass ich aus Geldmangel im Herbst keine Brikett bestellt hatte. Wir liefen die Straße hinunter: Mitgegangen heißt mitgefangen. Mein Begleiter, als wolle er beschleunigen, furzte leise im Takt.
Im Café war es still, es herrschte eine Dämpfung, ein weiches elektrisches Licht, als wirke das Gleichmaß des fallenden Schnees nach. Ein Rentner schlief aufrecht am Tisch, die eine Hand abwehrbereit neben dem leeren Glas, die andere, es war nur zu erahnen, am feuchten Hosenbein. An der Theke stand Fogge und kontrollierte die Listen, Arbeit für uns, für den nächsten Tag. Auch die Hausmeisterin war schon wieder da, oder noch immer nicht gegangen; den Skioverall trug sie jetzt hochgeschlossen. Sie spülte Gläser, wobei ihr jenes Mädchen half, das ich am Trödelkeller getroffen hatte. Als es mich erkannte, kam es näher, zeigte auf meine Stirn und sagte: „Es ist meine Schuld, nicht wahr?"
„Wer arbeitet", antwortete ich, „muß aufpassen, darf seine Gedanken nicht ständig schweifen lassen."
„Aber Du heißt doch Nikolaus?"
Ich verneinte, sagte, mein Name sei Georg.
„Trotzdem", beharrte das Mädchen, „es ist der Name eines Ritters; nur das zählt. Und außerdem hast Du Dein Versprechen gehalten."
Es nahm den hellen Stock, knickste, wobei seine Zöpfe, aufgesteckt zu Schnecken, unmerklich zitterten. Dann griff es unter sein rotes Wams, zog einen Federbusch he-

raus, pflockte ihn auf den Stock und begann, die Aschenbecher zu säubern.
Ich fragte Zimmetbaum, ob er das Mädchen kenne.
Antwort: Es heiße Laura Paslack, sei die Tochter von Trudi, der Hausmeisterin, früher hätten beide in einem Kommando der Heilsarmee musiziert. Das Kind könne weder lesen noch schreiben, spiele jedoch – ohne japanischen Eifer – Geige. Er spare längst für ein besseres Instrument und die Ausbildung in Moskau oder London.
Laura hatte uns zugehört, lächelte, stieg auf einen Tisch und säuberte die zu einem Kranz gereihten Strahler unter der Decke. Die Finger der rechten Hand, vorbildlich rund, hielten den Stecken wie einen Geigenbogen, strichen lautlose Kadenzen. Für einen Moment kam mir der Gedanke, dem Mädchen die grauen Hefte vorzulegen. Vielleicht entsprachen die codierten Punkte darin tatsächlich verschiedenen Notenwerten. *Die Elfen, Nach dem Ball* oder *Wooden Soldiers;* es waren Lieder, die Alice in jener Nacht auf dem Weg vom Stollen zurück ins Gasthaus gesungen hatte. Davon hätte ich Laura erzählen sollen, um ihren Argwohn zu zerstreuen, und die Botschaft hinter den Punkten, von der ich annahm, dass es sie gab, wäre durch ihr Spiel gewachsen, Zeile für Zeile.
Bestellt hatte niemand, doch Trudi brachte Raki und Tee, und Zimmetbaum lud mich zu einer Partie am Kicker ein. Ich bräuchte, sagte ich, keine Ablenkung, sondern Krankengeld; deshalb würde ich um meinen Vorschuss spielen. Dann zog ich den Hundertmarkschein aus der Jacke und legte ihn in den Kasten unter dem Tor. Zimmetbaum zögerte nicht und folgte meinem Beispiel.

Er hatte die roten Figuren gewählt, was Anfänger meist tun, doch ich spürte bald, dass hier kein Kurbler die Griffe rasseln ließ und Kraft vergeudete. Zimmetbaum spielte leichthändig, schoss nur mit der Verteidigerreihe; die Stürmer blieben ungenutzt. Nach wenigen Minuten lag ich deutlich im Rückstand.
Ich begann zu schwitzen, trug die beiden Pullover noch immer übereinander, auch pochte die Wunde, schien sich öffnen zu wollen, spannte die Fäden. Ich hätte, glaube ich, das Spiel wenigstens noch eine Weile offen halten können, obgleich Zimmetbaum raffiniert spielte und mein Genick wieder zu schmerzen begann. Doch ich verlor schließlich, weil Zimmetbaum, während er den Ball durch die Reihen schob, zu erzählen begann; Geschichten, die ich, obwohl sie unwahrscheinlich klangen, so oder ähnlich schon einmal gehört hatte. Und während ich Einzelheiten oder Namen ordnen wollte, schlug der nächste Ball ins Tor, rasierte die Scheine, die ich so nötig gebraucht hätte.
Der Vater, erzählte er, kam aus Wilna, nach dem ersten Krieg, suchte Arbeit, fand sie in Berlin; hat Tabak geschnitten für Zigaretten, bei *Muratti,* in der Fabrik. Es ging gut oder schlecht, doch als das Gestöber des Inflationsgelds dichter wurde und das wertlose Papier schon am Morgen die Gullis verstopfte, ging nichts mehr, da wurde der Vater entlassen. Er musste, sollte die Familie nicht hungern, ein Geschäft gründen, fand einen geräumten Laden in der Mulackei, nahe am Alexanderplatz. Dort boten Juden, in Hauseingängen stehend, ihre Schriften feil; dort waren die koscheren Gasthäuser, die Talmud-

schulen, Kleintierhandlungen und, das war entscheidend, dort waren die Trödler. In keiner anderen Stadt, auch nicht in Paris, wurden so viele Trödelschuppen, Produktenkeller, Kleiderbörsen und Sortieranstalten eröffnet, und bald wieder geschlossen, wie in jenem Berliner Viertel.
Die Familie sang Kinderlieder, als der Vater den Laden in der Hirtenstraße eröffnete. In der Auslage türmten sich Bierseidel, Stiefel, schwarze, fleckige Mäntel, polnische Litewkas, über deren Goldborten sich Kabel und Telephonlitzen ringelten; es gab lederne Treibriemen, Aufdruck *AEG,* und, als gelte der Blick in die Zukunft, Schuhe und Brillen, sortiert und gestapelt, wie in den Vernichtungslagern. Doch die Preistafel neben der Tür lockte noch in Hebräisch und Sütterlin.
Kein neues Spiel. Zimmetbaum hatte gewonnen. Jede Geschichte hat ihren Preis.
Ich fragte, ob sie im Laden auch Messgeräte und Barometer verkauft hätten, defekt oder repariert, oder, noch besser, Schreibhefte, eine graue, holzhaltige Ware der Papiermühle Wehr, Essen.
Zimmetbaum strich die Scheine glatt, schüttelte den Kopf.
Es wurde, sagte er, kaum etwas verkauft; manchmal kamen alte Männer, die reden wollten und erzählen.
Noch einmal brachte die Hausmeisterin Raki, auch Fogge bediente sich.
Ob ich wisse, fragte Zimmetbaum, oder davon gehört habe, dass der General mit Zahngold handle?
Ich schwitzte, brauchte Aufschub und trank, zögerte noch, sagte schließlich, ich würde die Berichte von da-

mals kennen, habe gelesen, wie die Türen geöffnet, das ausgestreute Chlor den Gestank von Kot und Erbrochenem nicht gemildert hatte, und die Leiber, durch Panik und Raserei ineinander verklammert, von den Häftlingen getrennt werden mussten, bevor sie aus der Sammeldusche geschleift und dann durchsucht werden konnten. Manchmal klemmte eine Zigarettenspitze oder ein Photo im After, selten unter der Achselhöhle – wichtig waren Goldzähne, die den Ermordeten aus den Kiefern gebrochen, in Holzkisten gesammelt, und später eingeschmolzen wurden, um damit, so lautete der Befehl, das Reich zu retten. „A bissel und a bissel wird scho a fulle Schissel." Jene Losung, sagte Zimmetbaum, galt bis zum Schluss. Vielleicht handle der General tatsächlich mit Zahngold; neue Rentnerware; möglich sei inzwischen fast alles. Ich solle dem Maulwurf eine Falle stellen; Beweise, Beweise. Doch bevor ich fragen konnte, warum ich, der Pharisäer, ausgewählt worden war, hatte Fogge mir die Listen zugeschoben und war mit Zimmetbaum verschwunden.

Es war spät. Zurück in meine kalte Wohnung wollte ich nicht, hätte dort in den Kleidern schlafen müssen, auch gab es nichts zu essen. Eduard Kienholz, Pensionär, so stand es auf der Liste, hatte in der Warthenburgstraße gewohnt, im vierten Stock, bis zum Schluss. Dort wollte ich übernachten.

Unterwegs begegnete ich niemand, doch einmal wehte mir Bierdunst entgegen und Walzermusik; die Mischung kam von schräg unten. *Sense* hieß jene Kneipe, in der Zeitungsboten und Sargträger tranken; letztere, noch nicht im Dienst, trugen die Haare nass nach hinten gekämmt.

Ich wurde schneller, die Kälte eiste die Wunde, die dennoch im Takt der Schritte pochte, als solle ich mich selbst überholen.
Alles, dachte ich, wird nicht gut. Aber vielleicht fand sich in diesem Spiel noch eine Variante, die mich nicht zur Aufgabe zwang. Ich ging über den Hinterhof, stieg hinauf, fand, wie es inzwischen wieder üblich war, den Schlüssel unter der Sisalmatte. Dann streichelte ich über das Namensschild, Fraktur und abgeplatztes Email, soviel war zu erkennen; Zeichen der Offenbarung. Und leise sprang die Tür auf, ließ die Sperrkette kaum klappern.
Drinnen blieb es dunkel, Strom und Gas waren längst abgestellt. Doch ich kannte den Grundriss, trat nach rechts, tastete traumwandlerisch halbhoch, griff in eine Steppdecke, abweisend glatt der Bezug, ging weiter, kam in die Küche. Zu essen fand ich nichts, nur an der Tür eine Reichsbahnermütze, die ich aufsetzte, den Schirm nach hinten gedreht, wie es amerikanische Sportler bei der Siegerehrung manchmal tun. Ich schob den Tisch ans Fenster, setzte mich, die wattierte Decke über den Schultern, und schaute hinaus in die Nacht. Der Himmel wolkenlos leer; dennoch begann es jetzt leicht zu schneien. Es waren nadelfeine Flocken, die auf die Fensterbank sanken, Polarschnee.
Ich musste an Henschke denken, der sich damals mit den Verästelungen der Blitzsinter beschäftigt hatte; Kleinigkeiten. Inzwischen dachte ich anders, hatte gelernt, genau zu beobachten, sah, wie sich die Zacken der Schneekristalle anlagerten, komplizierte Verbindungen, die sich berechnen ließen. Doch darüber wusste ich so wenig wie

über die Falle, die ich dem General stellen sollte. Vielleicht bot er das Gold auf dem wilden Markt am Potsdamer Platz an, wo ostdeutsche Photoapparate, Vollkornbrote, Zündkerzen für russische Panzer und kistenweise Schokolade des VEB-Rotstern verkauft wurde, eine kuriose Ware, der, um die Farbe des Kakaos nachzuahmen, Stierblut zugesetzt worden war. Dort, in einer Reihe mit den anderen Händlern, hätte auch der General seine Ware anbieten können, in einer Tasche des abgewetzten Mantels die Tüte Eiskonfekt, Zugabe für die Kunden.
Ich spürte, wie der Hunger wieder einsetzte; eine Idee, einen Plan für die Falle hatte ich noch nicht. Um mich abzulenken nahm ich die Listen, suchte nach Kerzen, fand im Wohnzimmer ein paar Stummel, die in Adventsklammern steckten. Als ich sie verteilt und angezündet hatte, begann ich den Hausrat zu kontrollieren; das meiste war Ramsch. Ich zog das Bett ab, griff in Kopfkissen, die nach Talg rochen, stellte mir den Mann vor, der dort gelegen hatte, die Augäpfel eingesunken und trübe. Die Hände hielt er gefaltet; eine grausame Geste gegen die Einsamkeit. Danach waren die Nägel gewachsen, rücksichtslos, wie die Haare.
Ich kniete nieder, begann das Bett zu zerlegen, stieß gegen einen Nähkasten; Nadeln fielen heraus und Knöpfe, auch ein Rädchen Sternzwirn der Marke *Odradek*. Was ich in dem Kasten mit den Klappfächern suchte oder zu finden hoffte, hätte ich in diesem Moment kaum sagen können; vielleicht war es nur die Neugier des Strichers. Außer einem schwarzen Fetzen Stoff gab es nichts. Ich wollte ihn glätten, als zwei Ringe herausfielen, wie bei

einem mißratenen Trick; schwere Eheringe aus Gold, die über das Linoleum rollten, kantapper, kantapper, während ich eine Tuchkappe in den Händen hielt; eine Verdunkelung für Autoscheinwerfer, mit Gummizug und Schlitz. Und ich wusste, das war die Falle.

Unübersichtlich sollte alles bleiben, verwirrend bis zum Schluss. Es störte mich nicht, als der General mit seinem Kommando vor der Tür stand, überraschend und viel zu früh. Er hatte einen neuen Helfer; von ihm lieh ich mir Geld.

In einer Bäckerei kaufte ich ein Marzipanbrot, eingewickelt in blaues Stanniol. Es musste sich um Dekorationsware handeln, da die Glasur und das Mandelöl ihren Geschmack eingebüßt, jedoch, in einer Art chemischem Ausgleich, den Duft des Rosenwassers darin verstärkt hatten. Ich vertraute meinem Einfall, zögerte nicht, drückte die beiden Ringe in die Masse, leckte den Köder, musste vor Aufregung lachen.

Als ich zurückkehrte, war das Schlafzimmer geräumt. Der Nähkasten stand noch immer in der Ecke. Ich hantierte umständlich, ließ die Fächer klappern, legte das Marzipan hinein. Dann half auch ich, schleppte feuchte, zusammengerollte Teppiche, aus denen Mottenlarven und Maden rieselten, die vom Mützenschild im Genick abperlten. Der General kommandierte, stand neben dem Wagen, den wir beluden, schrie, wir sollten schinden, rabotti Sarotti, sein Ranzen habe Hunger, der Riemen müsse spannen, zack, zack!

Seit dem Morgen hatten ein paar Apachen das Büro ausgeräumt und für die Weihnachtsfeier eine Tafel gedeckt.

Im Ofen glühte Koks, Tannenzweige bekränzten die Teller, Zwiesel, geschliffene Böhmergläser, blinkten rot und blau; aus drei Besteckkästen war Tafelsilber aufgelegt worden, prunkte neben den Servietten der abessinischen Eisenbahn, Linie Nazreth-Djibouti.
Ich wollte mich waschen, die verfilzten Pullover wechseln, auch die Hose, die übel roch. Die Männer waren noch einmal weggegangen. Einen Schlüssel oder eine Anstecknadel brauchte ich dieses Mal nicht: Die Tür mit dem Guckloch stand offen. Als die Birne unter der Decke Licht gab, sah ich über mir ein Rohrgestänge, Brausen, weiße Kacheln, die Glasur stumpf, zersplittert. Ich kniete nieder, fingerte im Abfluss, in dem keine Haare hingen, nur eine Eidechse, die ich herauszog; sie war vertrocknet. Die Rohre begannen zu knacken; ein Rhythmus, der schneller wurde, als gebe jemand Signal. Ich wollte schreien, zur Tür hinaus, blieb stehen, das Wasser traf mich, rostig und kalt. Den Kopf musste ich schützen, ging tiefer, hätte jetzt gerne abgeprotzt, ein stinkender Haufen neben dem Gully, doch Magen und Darm waren leer.
Ich wartete zitternd, der Docht zwischen den Schenkeln war geschrumpft, schien sich nach innen stülpen zu wollen. Mit meinem Unterhemd trocknete ich mich ab. Als mir Zimmetbaum einen Damenschlüpfer reichte, weiße Ballonware, zögerte ich, griff aber zu. Hose und Hemd, Jacke und Schuhe stammten von Eduard Kienholz, dem Rentner; ich hatte es geahnt. Ich solle niederknien, befahl der Trödler, die Wunde müsse versorgt werden. Er riss das Pflaster herunter, desinfizierte die Nähte mit Rossler, ein Wurzelschnaps vom Oberrhein.

Ob der Speck in der Falle sei?
Gajo letscho, antwortete ich, geritzt.
Dann zog er ein Tuch aus der Tasche, weich und zinnoberrot, knüpfte es, nach Art der Apachen, um meinen Hals.
Die Narbe, sagte er, und zeigte auf meine Stirn, werde schmal; kein besonderes Kennzeichen.
Im Büro brannten Kerzen, es duftete nach Weihrauch. Fogge und Messina-Kurt trugen das Essen auf. Es gab Bratstulle mit Hammel, geschlitzte Auberginen, Montbarry oder Dreck, ein Auflauf aus Pilzen, Spargel und Maronen. Doch in der Mitte, zwischen Tiegeln und Pfannen, thronte eine Liegnitzer Bombe; fett glänzte der Schokoladenguss.
Ich hatte mich neben Ehret gesetzt, der Flaschenbier verteilte, die Kapseln mit den Zähnen aufriss, was schwierig war, da im Oberbiss eine Lücke klaffte. Als Schüler hatte sich der Sohn eines Metzgers den Bolzenschussapparat in den Mund geschoben und abgedrückt. Jahre später war er nach Berlin gezogen, einen Stoß Gedichte im leichten Gepäck. Jetzt stand er auf und sagte, wer nur im Dreck wühle, verliere seinen Stolz, sei bald zufrieden mit verschimmeltem Brot und Abfallwurst. Schluss damit! Heute Nacht sollten wir fressen und saufen, bis der Nabel glänze. Dann prostete er uns zu, trank, weit zurückgelehnt, aus einer Flasche, reichte sie weiter. Es war *Maikäferlikör,* ein Sud aus Kakao, Obstler und Fölmen, der, so wurde behauptet, entgiftend wirke. Seinen Bart hatte Ehret sich kurz gebunden, aus Vorsicht mit einer Schleife geknebelt.

Noch einmal war Koks nachgeschüttet worden, die Hitze ließ die Ofentür knacken; es war das Zeichen zum Beginn. Auch ich hatte einen kräftigen Schluck von jenem Likör genommen, musste meinen Magen beruhigen und einstimmen auf das üppige Mahl. Es waren nicht nur die Speisen, jenes silberne Besteck oder die Servietten aus Damast, die niemand benutzte – es waren auch die Anekdoten und Geschichten der Trödler, die mich faszinierten; sie schienen sich zu ergänzen, wurden übergangslos aneinander gereiht, wie die leeren Bierflaschen auf dem Tisch. Jene, so verkündete Zimmetbaum, müssten vom Boden hinaus auf den Bürgersteig wandern, über die Straße, noch heute Nacht. Wer soviel saufe, wurde gerufen, brauche etwas zu rauchen: Lullen, Krumme Hunde oder eine Tüte Stoff. Und während das Gelächter einsetzte, zerkleinerte Ehret mit einer Reibe schon einen Brocken schwarzen Afghan, stopfte die Krümel in die Pfeife, setzte sie in Brand.

Von der Torte, der Liegnitzer Bombe, wollte niemand probieren, und es mochten zwei oder drei Stücke gewesen sein, die sich der General auf den Teller gehoben oder sofort aus der Hand gegessen hatte. Jetzt lehnte er sich auf dem Stuhl zurück, begann sich, Gürtel und Hemd geöffnet, den Bauch zu massieren.

Die Pfeife war wieder bei Ehret angelangt, der noch einmal kräftig zog, den Rotz im Kolben brodeln ließ und den General fragte, ob er Linderung brauche; der Stoff sei nicht billig gewesen. Der winkte ab, sagte, das Essen und die Bombe; zuviel und zu schnell; selbst die Schokolade bekomme ihm nicht.

Zimmetbaum war aufgestanden und neben ihn getreten, zupfte eine kandierte Kirsche von der Glasur, roch daran, ließ sie fallen.

Ob es wahr sei, dass er mit Zahngold handle, sich manchmal auch, schiri schari, gass ma gari, ein schönes Ringlein einsacke?

Der General stemmte sich gegen den Tisch, sank nach vorn, stöhnte leise.

Nicht alles, sagte Zimmetbaum, sei gut genug für die Schüssel; zum Schluss werde stets genau sortiert. In der Liegnitzer Bombe sei Cumarin, das die Laugenbengel, doch das wüsste er selbst, gegen Holzwürmer benutzten. Jenes Gift der Chrysanthemen führe auch ab; restlos, heftig und schnell.

Bismarck, sagte Maucher, Bismarck, fielen ein paar andere ein; es klang verhalten und deshalb gefährlich. Der General hatte den Kopf auf den Tisch gelegt, schwitzte, presste – es war nur zu erahnen – die Backen zusammen und ruckte verzweifelt.

Kein Zeichen, kein Wink. Als Maucher, Ettwein und Fogge aufstanden, wusste ich, was geschehen würde. Sie rissen den General hoch, schleiften ihn weg, hinab in den Laugenkeller. Der schwarze Mantel dämpfte die Geräusche seiner Entladungen, jedoch kaum den bestialischen Gestank.

Es gibt keinen Weg, der aus der Geschichte hinausführt. Auch ich lauschte angestrengt, doch die schwere Tür blieb verschlossen, zu hören war nichts. Sie werden ihn über eine leere Wanne gehalten haben, die Hose heruntergestreift bis zu den Knöcheln, nur vorn, auf seinem

Docht, eine spitze Hülse aus Bast, ehemals feierliche Zierde der Papua-Indianer. Und wenn er dem Drang nicht schon nachgegeben hatte, dann geschah es jetzt: eine Entleerung, begleitet von einem grauenhaften Gestöhn. In die Knie wird er gesunken sein, später, zitternd und versaut, musste die beiden Ringe, *Liebe und Treue,* aus dem unverdauten Dreck klauben, so war es festgelegt, im Eisernen Gesetz.
Ich hatte mich verabschiedet, Zimmetbaum war mit mir hinaus auf die Straße gegangen, reichte mir ein Kuvert und einen Autoschlüssel. Es war ein blauer Ford 17m, eine Türkenschleuder, und meine Wäsche, die Bücher und ein paar Habseligkeiten lagerten auf dem Rücksitz, verpackt in Decken. Das Handschuhfach stand offen, darin die grauen Hefte.
Südwärts, dachte ich, immer südwärts, während ich startete, den Gang einlegte und losfuhr, schlingernd, den Blick nach vorn, unverwandt.

Jede Geschichte hat ihren Preis

Nichts ging mehr.

Ich stand an der Raststätte Baden-Baden, es war noch dunkel, und dem Motor fehlte die Kraft zur Kompression oder zur Zündung der Strom. Zum Schluss wollte ich das Fernlicht einschalten, um ein letztes Mal Signal zu geben, worauf ein Kurzschluss sämtliche Birnen durchbrannte. Ich wartete, kannte die Tücken schlummernder Restströme, zog schließlich aus dem Handschuhfach ein Knäuel, eine Perücke für Kinder, darin steckten die Hefte, unversehrt.

Schnitzel Erbprinz mit Beilagen empfahl der Koch, den *Kinderteller Kaspar Hauser* sowie *Gute Fahrt.* Über dem Tresen hingen Christbaumkugeln, die schwankten wie Bojen in der Dünung. Drei Fernfahrer, vermutlich Holländer, waren die einzigen Gäste. Einer von ihnen bediente ein Funkgerät und lauschte, notierte später Zahlen auf einem Streifen Papier; es mochte sich um Anweisungen des Spediteurs oder Wetten im englischen Fußballtoto handeln. Wären die drei aufgebrochen, dann hätte auch ich mich bedient und – ohne zu bezahlen – aus der Salatbar geschöpft, bis das Mädchen hinter der Kasse um Hilfe geschrien und dabei ihre Pistole abgefeuert hätte, zuerst Schreckschuss und Nebel, dann Gas.

In der Stadt, auf der anderen Seite der Autobahn, das hatte ich einmal in einer Illustrierten gelesen, gab es ein Kommando der Heilsarmee, angeführt von Luggi Döberitz, genannt der Graf. Frühmorgens – und es fanden sich stets ein paar Verzweifelte, die ohne Uhr und Goldkettchen auf der Treppe vor der Spielbank hockten – frühmorgens scharte der Graf jene Korona um sich, verteilte Laugenbrezeln, danach wurden die Trottoirs gefegt. Ein paar Büßer zogen ihre Socken und Schuhe aus und putzten – begleitet vom Applaus ausländischer Kurgäste – die öffentlichen Toiletten.

Diese Vorstellung machte mir Mut. Ich ging zurück zum Wagen, hängte mir Musahs Decke um, ging weiter, bis ich zu einem Pfad kam, gesäumt von einem Viehzaun mit bernsteinfarbenen Isolatoren. Marlies fiel mir ein, meine Schwester, die mir manchmal Geld zugesteckt und damit die Hoffnung verknüpft hatte, dass ich, der jüngere Bruder, nach dem Studium zurückkehre. Das Abseits, sagte sie, sei ein sicherer Ort. Auch deshalb war sie im Schwarzwald geblieben, führte noch immer die Pension der Mutter.

Es roch weder nach Gülle noch nach Kunstdünger, auch war wenig zu sehen. Trotzdem glaubte ich jetzt vor einer Scheune zu stehen, einer hochkant gestellten Schachtel, wie ich sie aus amerikanischen Filmen kannte. Und während ich noch nach einer Luke suchte, sagte jemand hinter mir, ich solle mich schleichen, in den Hut brunzen, nein, noch besser, im Rasthaus seichen. Eine Lampe wurde eingeschaltet, ich schirmte die Augen ab, was mich erbärmlich aussehen ließ, mit meinem Kopfverband und der verfilzten Decke. Der andere, den ich kaum erkennen konnte, lachte leise und sagte, ich könne die Hände herunternehmen, einem Kirchendieb würden die Griffel stets abfallen. Dann führte er mich weg, um jene Scheune herum, zu einem Haus.

Als wir in der Diele standen, die hell war und beheizt, begannen die Decke und meine Kleidung wieder ihren Geruch zu verströmen, jene stechende Mischung aus Schweiß und Lysol. Der Mann, er mochte in meinem Alter sein, betrachtete die wund gebissenen Kuppen seiner Finger; Hautfetzen überwucherten den Nagelrest.
„Als Kind“, sagte er, „haben sie mir Fäustlinge aus Leder übergestreift; die Riemen am Handgelenk zuckten nachts allein. Kennen wir uns?“
Ich schüttelte den Kopf.
„Georg Zindel“, sagte ich, „Student und Trödelhelfer aus Berlin. Mein Wagen ist liegengeblieben: Verteiler, Lichtmaschine, etwas in der Art. Ich bin abgebrannt, bräuchte ein Telephon und Geld.“
Dann reichte ich ihm die Hand, wollte meine Erklärung bekräftigen. Der Mann winkte ab.
„Telephon und Fax links im Büro; die Beleihung von Wertgegenständen ist verboten; Beschluss der Kurverwaltung.“
Ob er, fragte ich, für eine Schuldenberatung arbeite?
Gut geraten und dennoch falsch. Sein Name sei Bob Stemmle, Pfarrer der Autobahnkirche Baden-Baden, versetzt zur Bewährung. Manchmal traue er noch Rockerpärchen, dafür sei er bekannt. Doch meist kümmere er sich um die Toten, verstümmelte Unfallopfer, teils grausam verbrannt, aufgebahrt in der Kirche. Greifer, Männer, die früher nicht den Mut besessen hätten, für ein paar Mark Pfandflaschen zu sortieren, kämen am Morgen, wollten absahnen, Kasse machen, die Leichen fleddern: Auschwitz grüße; er schlage zurück.

Ich kämpfte gegen einen Schwindelanfall, roch meinen sauren Atem und sagte, denn zu verlieren hatte ich wenig, ich bräuchte eine Kleinigkeit zu essen.
„Willsch e Schleckflade?“, fragte der Pfarrer.
Ich war verwirrt und antwortete, ein Schleckfladen, eine Scheibe Bauernbrot, dick bestrichen mit Butter und Marmelade, sei eine Verheißung, erinnere an den Kindergarten. Wo er den Dialekt gelernt habe?
Antwort: Kann man nicht lernen.
„Aber“, fuhr er fort, „minni Mudder het so gschwätzt, des het em Vadder garnit gfalle; der het nur noch amerikanisch denkt.“
Jener, der Spross einer badischen Winzerfamilie, war Pfarrer gewesen, in Bottineau, Norddakota.
„Zum Schluss hett d Mudder gsait, ich werd em Vadder immer glichliger“, also ähnlicher.
Noch in der Nacht hatte er den Koffer gepackt; Flugticket und Pass steckten, aus Angst vor Entdeckung, im linken Schuh.
Bob Stemmle erhob sich, ging zur Anrichte, brühte Kaffee auf, schnitt Brot von einem Rampen, holte Speck, Butter und ein Glas Quittengelee, bernsteingelb wie die Isolatoren. Als der Tisch gedeckt war, befahl er, ich solle hinüber in die Kirche gehen, die Organistin habe auch Hunger.
Der Bau, den ich für eine Scheune gehalten hatte, war früher als Lager für Streugut genutzt worden. Es gab ein Kreuz ohne Beleuchtung, und in die Schüttluken – es mochte die Arbeit eines bedürftigen Künstlerehepaars gewesen sein – waren Fenster eingesetzt worden, rotes und

flaschengrünes Glas, ineinander geschmolzen mit zuviel Hitze, wie man es nach dem Angriff auf Lübeck am Palmsonntag 1942 unter dem Schutt gefunden hatte, darin Ohrringe von Kindern und verkohlte Splitter aus Holz.
Es gibt keinen Weg, der aus der Geschichte hinausführt. Ich öffnete die Tür, trat ein, sah den Altar und die Wand dahinter, an der Reisedecken hingen, teure Plaids aus Wolle neben solchen aus Kunstfaser, wie sie Rentner am Ende einer Werbefahrt nach Hause trugen. Die Decken waren schmutzig, besudelt mit dunkelbraunen Flecken, es konnte sich um Farbe handeln, Holzschutz oder Mennige. Erst als ich näher trat, sah ich die Täfelchen aus weißer Pappe, darauf vermerkt Kilometerangaben, Datum und Uhrzeit; die Todesfolgen in sachlichem Latein. Nur die Namen der Opfer, bei einem Kriegerdenkmal war das Gegenteil üblich, fehlten.
Erneut packte mich ein Schwindel, krampfte Übelkeit den Magen, wie damals im Raketenbunker, als wir das Lachgas inhaliert hatten, ohne Maske und Druckminderer, und, mutig geworden, durch den Fluchtstollen hinausgekrochen waren. Ich fasste mir an die Stirn, als liessen sich die gespeicherten Geschichten begreifen, spürte, dass der Verband verrutscht war und auf den Lidern verkrustetes Blut hing.
Zuerst dachte ich an eine Täuschung, dann an eine Lichtschranke, die ich versehentlich durchschritten und dabei, mittels Kontakt, ein Tonband ausgelöst hatte. Gitarrenmusik erklang, schien elektrisch verstärkt aus dem Altar zu kommen. Mir fiel Maucher ein, der einmal erklärt hatte, in den Spulen alter Musikboxen würden die Seelen

nordamerikanischer Indianer nisten, nachts höre man ihren Gesang. Doch es war früh am Morgen und gespielt wurde eine Bassmelodie, eine Girlande, über die Akkorde perlten, die Einleitung zu einem Lied aus dem Jahr 1968. Die Schallplatte, und es konnte damals nur eine Frage des Hochmuts gewesen sein, trug keinen Titel, der Namen des Trios genügte: *Blind Faith,* Blindes Vertrauen. Neben dem Altar hockte eine Frau, auf den Knien eine Gitarre der US-Army, eine Slicker-Mohawk. Plötzlich, als habe sie einen Pfad gefunden, stand sie auf, schwenkte das Instrument zu jenem dunklen Kasten, bestückt mit Lautsprechern und Basspumpen, riss die Saiten an, bis eine Rückkopplung sich jaulend Bahn brach, das Zeichen zum Einsatz für den Gesang.

„Steig von deinem Thron,
and leave your money at home –
Veränderung heißt das Gebot.
Vorbei die Zeit der
Flucht und Sucht.
I'm near the end,
Frau Tod – the key.
Auf die Knie!
Küss mich –
jetzt oder nie."

Die Musik erlosch, ich hielt die Augen geschlossen. Leise war die Frau näher gekommen, blieb dicht vor mir stehen. Mein Atem roch übel, es schien sie nicht zu stören; sie trug eine Sonnenbrille, rußschwarze Gläser, undurch-

dringlich für Strahlen jeder Art. Dann, und es geschah wohl ohne Absicht, berührte sie meine verfilzte Decke.
Ob ich bei der Müllabfuhr arbeite oder der neue Sanitäter sei?
Ich schüttelte den Kopf.
An der Wand, fuhr sie fort, gebe es genügend Platz; ich solle meinen Lappen aufhängen.
Nach dem Frühstück waren wir in der Küche sitzen geblieben. Die Müdigkeit ließ sich nicht mehr vertreiben mit Kirschwasser und Kaffee; trotzdem wollte ich von den grauen Heften erzählen. Als ich nach einem Einstieg suchte, einem stimmigen Vergleich, fielen mir nur Schuhe ein, Paare, die nicht zueinander passten, an den Senkeln miteinander verknotet, Restposten im Wühlkorb eines Discounts.
Und doch: Jede Geschichte hat ihren Preis. Das wäre der richtige Auftakt gewesen, als ich schließlich beschrieb, wie ich mich für den Strahlenkranz und damit für eine Prüfung entschieden hatte, deren Zweck inzwischen darin bestand, Spuren zu verfolgen, die im Schmutz, im Abseits endeten. Und noch einmal traten Walawalker, Neubert und Alice auf, wanderten mit uns über die Müllhalde bei Nordhausen, bis zum Stollen. Dort, hinter einer Hecke, standen Zimmetbaum und seine Apachen, warteten auf das Zeichen zum Kampf. Ich wollte den Freund grüßen, zog aus der Jacke den Skalp, die Perücke mit den Heften. Doch nichts ging mehr, und Judith Althoff, die blinde Musikerin, hob beschwörend ihre Hände, während ich, als entweiche Luft, auf den Tisch sank. Alles Zirkus, murmelte jemand, im Eimer, nein, im Lot.

Die Schuhe fehlten, die Socken auch. Ich lag da und betrachtete meine Füße. In der Ferne wurde ein Motor gestartet, doch der Lastwagen war schon über mich hinweggerollt, kam zurück, sprühte Benzin aus dem Vergaser, der steckte in Henschkes weit aufgerissenem Mund. Hopp, hopp, schrie der, wir erkunden das Gelände, wer zuviel denkt, geht fehl. Im Harz gibt es Fichten, zweihundert Jahre alt, dutzendfach getroffen, dazu Brandnarben, ich sage Brandnarben. Dann riss er sich das Hemd auf, dass die Knöpfe wegspritzten, beugte sich über mich, und ich starrte auf seine Brust, darauf eingebrannte Fetzen der Isolierung, Kautschuk oder Guttapercha schwarz. Schlechte Bilder. So früh am Morgen. Die Schilder am Dorfrand standen noch immer, zeigten nach Walkenried und Mackenrode, und auf den Dächern der Bauernhäuser steckten keine Blitzableiter, sondern geflickte Antennen. Nichts hatte sich verändert. Wir hielten an, betraten eine Wirtschaft, bestellten Bier, und ein Rentner, der nie unter Tage gewesen war, zeigte uns ein Bergwerksmodell, zusammengeleimt aus abgebrannten Streichhölzern. Meine Herren, sagte er, trinken wir auf Berlin.
Als ich aufwachte, über Decken tastete – dabei ein Stück Fell zu fassen bekam, das flüchtig nach Frauenparfüm roch – da glaubte ich, ich sei in einen Container für Modellkleider geraten. Von oben, ernüchternd genug, ertönte die Stimme eines Radiosprechers, der Meldungen verlas, Unfälle, Staus, auch die ersten Toten des Tages betreffend. Dann schwankte die Frequenz, ließ den Verkehrsfunk rauschen, spülte ein paar Kinder heran, die in einem Lied ein Shampoo besangen.

Noch immer wusste ich nicht, wo ich mich befand, kroch sichernd seitwärts, stieß gegen eine Pendeltür, während im Radio ein anderes Lied erklang. Es war der Morgen des 24. Dezember, ein Chor sang *Kommet ihr Hirten,* und ich hatte mehr als eine Nacht und einen Tag in einem Kasten, einem rot und blau bemalten Alkoven, geschlafen. *Nordstrand 1634* stand über der Luke, aber auch, kunstvoll ins Holz geschnitzt, *Wo schüllt wi hen?* Die Koje, einst verfugt mit siedendem Pech, musste als Rettungsinsel gedient haben. Am Fußende fanden sich Kerben, die Hochwassermarken einer Warft.
Scheiße, rief Judith, Penner und Alarm; ich solle mich sputen, sie warte nie.
Der Ford, inzwischen ohne Reifen, war vom Rastplatz geschleppt worden, hatte eine Parallelspur in die Wiese gepflügt. Bob Stemmle winkte mich heran, öffnete die Haube: Der Motor und die Lichtmaschine fehlten, waren ausgebaut worden. Als Ersatz fand sich eine Ladung Pide, verschimmeltes, in Folie verpacktes türkisches Brot. In den Fladen steckte ein Strang bunter Drähte, als solle die gärende Hefe sofort gezündet werden, wobei ein Algorithmus die Funken gesteuert, aber auch gewarnt hätte, wenn zu wenig Faulstrom floss.
Von der Autobahn wehte das Rauschen der Fahrzeuge herüber. Wo schüllt wi hen? In den Alkoven hätte ich mich verkriechen mögen, die Knie angezogen, und den Katzenstriegel, das parfümierte Fell der Organistin, auf dem Gesicht. So wäre ich eingeschlafen, ruhig und erregt zugleich. Schneefall setzte ein, dicke Flocken, die aus den Falten des verhangenen Himmels sanken. Ein Wagen wurde ge-

startet, Fehlzündungen krachten, klangen ähnlich einem auf Einzelfeuer geschalteten MG. Ein schwarzer Mercedes-Kombi, die Seitenfenster zierten Palmwedel, rollte näher, hielt an. Stemmle, der hinter dem Steuer saß, fragte, ob ich mitfahren wolle.

„Wohin?"

„Nach Bad Griesbach. Besuch in einem Pflegeheim. Rückfahrt nicht vor morgen."

Ich kannte den Kurort, Fahrzeit einfach zwei Stunden. Als Schüler hatte ich, meist vergeblich, in der Sprudelfabrik nach Arbeit gefragt.

Es sei lächerlich, sagte ich, dass ein Pfarrer am Heiligabend mit einem Leichenbenz vorfahre und seiner Gemeinde drohe.

Stemmle legte den Gang ein.

Wovor ich Angst hätte?

Antwort: Er solle sich selbst fragen. Doch wenn ihm nichts einfalle, könne er sich Streichhölzer unter seine abgefressenen Nägel treiben, Lust und Schmerz gehörten schließlich zusammen.

Der Autobahnpfarrer lachte, hielt die verfilzte Perücke hoch, roch daran, warf sie hinter sich. Die Hefte steckten in meinem Mantel, das spürte ich, bevor ich die Hecktür aufriss und mich in den Wagen schwang.

Auch damals hatte ich gezögert, war schließlich doch in die Kammer getreten, vorbei an der Mutter und Schwester, den Blick auf die vergilbten Manschetten des Sargträgers gerichtet, als strahle von dort geheime Kraft. Eine schmale Leinenbinde, eine Schlaufe, die, um den Kopf des Toten gebunden, seinen Mund geschlossen hielt, und die ich mit einem Ruck hätte abreißen können, gab es nicht. Nur unmerklich musste sich das Kinn senken, damit der Vater – kaum möglich, doch es war mein Wunsch – noch einmal den Mund geöffnet und leise, doch vernehmlich, gesprochen hätte. Ich beugte mich nieder, lauschte, sog ein wenig vom bitteren Geruch seines Hemds ein, Waschlauge oder Appretur. Ziebold, der Sargträger, von dem erzählt wurde, er habe Maden unter seinem Gebiss, wartete, hielt seine Mütze in den Händen, eine Schildmütze, wie auch ich sie trug, jetzt abnahm und unter den Klappsitz legte. Dort fand sich neben der Perücke ein Rucksack und, überraschend genug, ein Paar Ski.

Stemmle fuhr schnell, überholte Limousinen, deren Fahrer bereitwillig nach rechts zogen, während aus dem Radio Klaviermusik ertönte, die sich in Tempo und Dramatik der Fahrweise des Pfarrers anzugleichen schien. Ich beugte mich zu Judith.

Der Alkoven, sagte ich, jene Rettungs- oder Dunkelkammer, vermittle Geborgenheit. Doch nachts müsse die Luke offen bleiben.

Das sei unnötig, entgegnete die Organistin. Besuch komme äußerst selten, fast nie.

Und Stemmle?

Sie schüttelte den Kopf.

„Als ich“, sagte sie, „in der Klinik lag – den Verband hatten sie mir abgenommen – besuchte mich gegen morgen manchmal ein holländischer Pfleger. Er setzte sich an mein Bett und fragte, slaap je niet? Ich antwortete, ik kan niet slaapen; ik heb het bloed op straat zien liggen!“

Das Seltsame sei nicht gewesen, dass sie plötzlich in einer fremden Sprache redete, sondern von etwas sprach – dem Blut auf der Straße – das sie nicht mehr gesehen, sich dennoch als Bild in ihr Gedächtnis gebrannt hatte; medizinisch kaum erklärbar, mithin ein Wunder.
Wir fuhren auf der Landstraße, als in einer Kurve die Ski über den Boden rutschten, als herrsche bereits Ungeduld. Judith wandte sich um.
Ob ich Ski laufen und sie begleiten könne?
Wann?
Noch heute. Sie sei trainiert, kenne die Strecke, brauche trotzdem Führung, einen Navigator.
Aus der Ablage zog sie ein Stück Pappe, beklebt mit Tapetenresten; eine Landkarte für Blinde. Und während sie über Höhenzüge tastete, kurz in einem Weiler verharrte, fielen mir Namen wie Biberkessel, Hundseck und Metzgerschlag ein: *Das Abseits als sicherer Ort.*
Ich sei einverstanden, sagte ich, und mache mit.
Dann steckte ich ein paar Tannennadeln in den Mund und begann zu kauen.
Der Platz vor dem Haus war leer. Keine Schwester. Keine Gäste. Und die Hintertür offen. Unter dem Baum, geschmückt mit Strohsternen und elektrischen Kerzen, fehlten noch die Geschenke. Ich ging weiter, seltsam ruhig, da der bittere Saft der Nadeln dem Magen noch immer schmeichelte.
In meinem Zimmer unter dem Dach hatte Marlies sich die Mangelstube eingerichtet. Dort standen Stöcke und Ski. Auf einem Stapel Leintücher lag ein Walkman, ein wunderbar leichtes Gerät, darin eine Kassette mit Polkamusik.

Aufnahme, sagte ich, und hielt den Knopf gedrückt, hier spricht der Sanitäter. Für manche Wunden ist es besser, wenn sie offen bleiben. Ich gehe in Deckung, verschwinde für ein paar Tage – zu retten gibt es nichts.

Das Band spulte weiter, ich presste das Gerät an die Stirn, als handle es sich um eine Sonde, stellte es schließlich auf die Fensterbank und ging.

Drunten, auf der Truhe im Flur, lag die Weihnachtspost. Eine Karte zeigte drei Männer, bekleidet mit Pyjamas und Uniformmützen, sogenannten Schiffchen. Die Männer hockten und erinnerten dabei an fröhliche Sträflinge, in einem Eisenbahnwaggon, eingezwängt zwischen Regalen, auf denen sich Kännchen und Töpfe reihten, darin das Mittagessen für die Pendler der Stadt Bombay. Die Dabba Wallas, so hießen die Zusteller für das Essen auf Rädern, verfügten über ein System, das ohne Namen auskam. Um 150 000 Mahlzeiten aus den Vororten in den Fabriken und Werkstätten zu verteilen, genügten noch immer farbige Zeichen. Es sei, schrieb Purushot Walawalker, ein phantastisches Verfahren, da die Männer die Lieferung stets mit Geschichten verknüpften: Tod, Heirat, Durchfall und Geburt; selbst *Die drei von der Tankstelle,* der Titel eines rührselig deutschen Films, spiele dabei eine Rolle. Was die grauen Hefte angehe, wünsche er mir Glück, aber noch mehr Verstand.

Ich nahm meine Ski und die Stöcke und trat hinaus. Es schneite in dichten Flocken. Die Landschaft schien abgetaucht in ein Aquarium, hatte Bodensatz aufgewirbelt, der gleichmäßig niedersank. In der Ferne bellte ein Hund; eine Kolonie Krähen antwortete. Dann setzte Stil-

le ein, wurde verstärkt vom fallenden Schnee.
Die Zeit der Einkehr, rief Stemmle, sei vorbei; er müsse weiter.
Ich schob meine Ausrüstung in den Wagen, kroch hinterher; gedämpft krachten die Fehlzündungen, dann fuhren wir los. Einmal, als Judith sich nach hinten beugte, sah ich, dass die Reißverschlüsse an ihrem Overall mit Leukoplast überklebt waren.
Was das zu bedeuten hätte?
Antwort: Das Gepritschel der Reißverschlusshäkchen störe beim Lauf. Sie wolle sich an den Geräuschen der Tiere und Bäume orientieren, noch gebe es von beidem genug.
Sie tastete über die Klebestreifen an Armen und Brust, schob den Kopf nach vorn, strich eine Strähne aus dem Gesicht.
Vielleicht dachte sie an Zugvögel, die nachts südwärts flogen, Schwärme im Keilflug, über dem Ägäischen Meer. Es gab Fischer, die berichteten vom Echolot jener Tiere, Kiesel, die mit dem Kot herausgepresst wurden, dabei aus großer Höhe auf das Wasser schlugen und den Vögeln signalisierten, dass sie noch nicht niedergehen durften, über dem vermeintlich nahen Land.
Wir kamen in die Stadt, folgten einem Traktor, dicht besetzt mit Kindern, die Schulranzen trugen, obwohl die Ferien längst begonnen hatten. Als Stemmle abbog, hinauf zur Alexanderschanze, winkten sie, waren vermutlich froh, dass der schwarze Wagen einen anderen Weg nahm. Wir blieben allein, außer uns schien niemand unterwegs; die Straße, die zum alten Höhenhotel führte, war ge-

räumt. Vor dem Bau, einst Hort der Erholung reicher Städter, lagen zerscherbte Kacheln, Schindeln sowie eine Schanktheke, kubistisch verbeulter Schrott.
Ein paar Krähen hatten sich Einlass in das Haus verschafft, die Klappen des Dunstabzugs weggeschlagen, stritten um eine gefrorene Kochhose, rochen vielleicht altes Fett.
Warum er strafversetzt worden sei, hatte ich Bob Stemmle noch gefragt; es gäbe, und er wüsste es, junge Theologen, die im Fernsehen aufträten, in Spiel- oder Ratesendungen; Mut gehöre dazu nicht.
Stemmle wendet den schweren Wagen, lehnte aus dem Fenster.
„Einmal", antwortete er, „sollte ich eine Katze taufen. Die Besitzerin, eine alte Frau, bat mich darum, glaubte, sie und das Tier müssten bald sterben. Ich habe ihr den Wunsch erfüllt, mit Beffchen und Talar, wurde trotzdem verraten, sofort bestraft."
Ob die Frau noch lebe?
Antwort: Heute Abend werde gefeiert; sie wohne inzwischen im Heim.
Ich griff in den Schnee, doch Stemmle hatte, kurz auflachend, Gas gegeben, und der Leichenbenz brauste davon. Als er in die erste Kurve schlingerte, schienen die Palmwedel auf der Scheibe zitternd zu grüßen, bevor der Wagen endgültig verschwand.
Wind kam auf, Schneefahnen stoben. Der Himmel, bedeckt grau, erinnerte an dreckiges Aluminium. Die Krähen hatten die Hose aufgegeben und hockten jetzt auf dem Dach, als wollten sie Strom aus der Leuchtreklame

zapfen. Judith hielt den Kopf zur Seite geneigt, lauschte dem Lärm einer Schneefräse, der aus dem Tal heraufkam; es war das Zeichen zum Start. Nordwärts, dachte oder sprach ich leise, und gemeinsam liefen wir los.

Wieder begann es zu schneien. Noch wirkten unsere Schritte, die Pendelbewegungen der Arme, verhalten und steif.

„Als Schüler“, sagte ich, und es sollte beiläufig klingen, „bin ich vor solchen Touren schwimmen gegangen. Das Wasser macht geschmeidig, lockert die Muskeln, selbst das Hirn wird entkrampft.“

Ob ich sie mitgenommen und ihr geholfen hätte, später, beim Ankleiden?

Die Kinder in den Sammelkabinen, erwiderte ich, seien unbefangen, schauten nicht weg.

Manchmal, sagte Judith, gehe auch sie allein schwimmen; nein, nicht in das Thermalbad; Marmor oder Geländer aus poliertem Messing böten den Fingern wenig Reiz. Sie bevorzuge ein Hallenbad, einen alten, stockfleckigen Kasten, am Ende der Stadt.

Die Stämme am Waldrand waren mit Eisnadeln überzogen; ein Zeichen, dass sich das Wetter verschlechtern würde. Wir blieben stehen, Judith atmete leicht, und ich musste an steile Abfahrten denken, an Schneeregen und offen gelassene Hütten, die Tische verdreckt mit Mäuseschiss und Wachs.

Als Trudi Paslack und ihre Tochter Laura, die begabte Geigerin, noch bei der Heilsarmee gedient hatten, waren sie am Heiligabend vor der Berliner Gedächtniskirche aufmarschiert, um an Obdachlose sogenannte *Brueghels* zu verteilen, faltbare Schlafschachteln aus gewachster Pappe. Die Biwaks sollten den Wind abhalten, vor Unterkühlung schützen; warum sie nach der flämischen Malerfamilie benannt worden waren, wusste Trudi nicht. In der Gosse hatte weder Jan, genannt Blumenbrueghel, noch Pieter, der Bauernbrueghel, aber auch nicht dessen Sohn Pieter, der Höllenbrueghel, je gelebt.

Pieter, der Ältere, eines seiner Winterbilder hieß *Die Heimkehr der Jäger,* hatte erklärt, dass die Welt für ihn, den Maler mit gesichertem Auskommen, kein Paradies sei. Vielleicht waren die Schlafschachteln inwendig mit seinen Lern- und Lesebildern bedruckt, auf denen er die Bauern beschwor, nicht zu flüchten, sondern auf dem Land zu bleiben – für die Penner der Stadt Berlin ein kaum verständlicher Rat.

Kein Vogelschrei oder jenes Geräusch, wenn eine Ladung Schnee vom gebogenen Ast rutscht; zu hören war nur das Schlurren unserer Ski. Wir kamen höher, folgten einem Ziehweg, in dem Holzfäller Stämme talwärts geschleift hatten; abgerissene Äste ragten tückisch in die Spur.

Es sei zu ruhig, hatte Judith später gesagt und dabei den Kopf gehoben, als wolle sie Schneeflocken mit der Zunge fangen; vor uns, sie spüre es, herrsche Chaos, ein Mangel an Symmetrie.

Vereistes Brombeergestrüpp versperrte den Weg, dahinter lag eine Schneise, ein Verhau aus gestürzten Fichten und Tannen. Judith ging nach vorn, spurte, wobei unklar blieb, wie sie sich orientierte. Haie benutzten, wenn es weder etwas zu Sehen oder Riechen gab, ein radiophones Organ, die Lorenzinischen Ampullen. Die schleimgefüll-

ten Sonden, links und rechts im Kopf des Räubers, sortierten Ultrakurzwellen, was auch Fledermäusen gelang.
Die Blinde führte noch immer, stapfte vorbei an Wurzelballen, die uns überragten und ihr Geflecht schimmern ließen, eisige Vorhänge, hinter denen der Gang in eine Zwergenhöhle führen mochte. Wir liefen weiter, treppelten durch Mulden, brauchten die Ski nicht abzuschnallen. Gesplitterte Stümpfe drohten, schienen auch um Amputation zu bitten, und Rindenstreifen hatten sich, wie um Kraft für das Frühjahr zu sparen, im Schnee zusammengerollt.
Am Rand der Schneise lagerten Fichtenstämme, bereit zum Abtransport. In einem fand sich ein Loch, ehemals Behausung für Spechte. Ich bat Judith stehenzubleiben, streifte ihr den rechten Fäustling ab, führte die Hand. Zuerst zögernd, dann mit einer leichten Drehung, glitt sie bis zur Achsel hinein.
Es sei eine geräumige Höhle, sagte sie; drinnen liege Mehl, trocken und fein.
Sie zog die Hand heraus, roch daran und rief, jetzt dürfe sie sich etwas wünschen.
Angenommen!
Ob ich nicht wissen wolle, was sie sich gewünscht habe?
Das sei gegen das Prinzip.
Noch einmal suchte sie das Loch, griff daneben, gab auf.
Kein neues Spiel, sagte ich, und kein neues Glück.
Sie trat näher, nicht nah genug; der Schlag streifte mich am Hals.
„Hör zu“, schrie sie, „ich kann mich allein anziehen, verwechsle weder die Schuhe, die ich binde, noch die Knöp-

fe am Pullover. Die Schließe am Büstenhalter: kein Problem. Verstehst du, ich kann es allein!“

Für manche Wunden ist es besser, wenn sie offen bleiben. Ich kniete nieder, und es wäre für die Frau einfach gewesen, mich zu treffen; ein kurzer Stoß, mit der Spitze des Skistocks, durch den Verband in die Stirn. Vor mir lag die aufgeweichte Karte; die stopfte ich in das Loch im Stamm. Dann brachen wir auf; und noch immer folgten die Krähen.

Warum schwieg ich, erzählte nicht von dem, was ich wusste? Stimmen gab es genug. Selbst die Toten wollten den Mund nicht halten, schienen im Unterholz zu lauern, hinter vereistem Gestrüpp.

Als der Feind im April 1945 meine Heimatstadt besetzte, war die Hoffnung auf den Endsieg noch nicht gewichen, denn die Wunderwaffe, die der Führer allen versprochen hatte, sei, so wurde behauptet, mit Hilfe russischer Kriegsgefangener noch hinauf in den Schwarzwald geschafft worden. Panzergraben, brusttief ausgehoben, blieben nutzlos, Laken an Fahnenstangen hingegen lebenswichtig. Schüler, deren Aufgabe es gewesen war, abgesprungene alliierte Piloten in den Wäldern aufzustöbern, um ihnen zur Strafe das Gesicht zu zertreten, lernten eifrig französisch, wollten echten Kaffee und Zigaretten.

Der Krieg war vorbei, doch der Frieden noch nicht zurückgekehrt – ein unwirklicher Zustand, eine Rast, die ein paar Jungen ausnutzen wollten; sie hielten sich versteckt in den Wäldern. Vielleicht stammte jener Plan, den nur sie kannten, von Heinrich Himmler, Reichsführer SS, der im Herbst 1944, nach den Bombenangriffen auf

Berlin, in einem blauen Schlafwagen des Führersonderzugs im Triberger Stollen der Schwarzwaldbahn gehaust hatte, 853 Meter über dem Meer, unter Granit und Hornblende, um die Zahlen aus den Lagern der Vernichtung zu ordnen, nächtens, bei Tafelwasser und leicht gesalzenem Gebäck.

Geschichten müssen erzählt werden, auch wenn sich nicht alles beweisen lässt: Vermutlich hat weder ein Förster noch irgend ein fanatischer Ortsbauernführer jenen Trupp von zwei Dutzend Hitlerjungen zusammengestellt, der Ende Mai 1945 losschlug, um den Feind zu vernichten.

Die Werwölfe, ausgerüstet mit Wanderkarten, Erbswurst und Parabellum-Pistolen, wollten die wenigen Wanderwege im Schwarzwald durch Blindgänge miteinander vernetzen, eine Art Labyrinth, einen Hinterhalt schaffen. Dort hinein sollte die französische Armee gelockt und erschossen werden. Saubloder nannte sich jenes geisterhafte Kommando, das Wort bezeichnete im Dialekt die geräucherte Harnblase des Schweins, die zur Fasnacht – mit Luft gefüllt und an Stecken gebunden – die Narren sich auf die Köpfe schlugen.

Die Geschichten, die sich um jene Werwölfe rankten und die ich als Kind an der Seite meines Vaters in Bauernbeizen gehört hatte, besaßen keinen Schluss, als gelte Unsterblichkeit. Doch ich ahnte schon damals, dass die Verwirrten in die eigene Falle getappt waren, ein grausiger Irrtum, besiegelt mit Schüssen aus nächster Nähe und verspritztem Hirn im Gebüsch. Einmal waren die Kameraden nahe der Lungenheilanstalt Nordrach gesehen wor-

den, ein anderes Mal hatten sie sich verkrochen im Gebiet um den Mooskopf, die Kochgeschirre gefüllt mit unreifen Heidelbeeren. Die Entleerungen müssen grässlich und zugleich läuternd gewirkt haben, denn die Werwölfe verdingten sich später als Knechte auf abgelegenen Bauernhöfen, schliefen bei den Tieren im Stall, brauchten nur ein Vesper, jedoch täglich Most und Schnaps.
Ich beschleunigte in der vereisten Spur, und Judith, die ihre Rußbrille aus Wut oder Enttäuschung weggeworfen hatte, hielt mit. In der Dämmerung, ein Rest blauen Lichts, das verwirrende Schatten warf, glaubte ich, das Geräusch eines Autos zu hören. Möglich war, dass wir inzwischen nahe der Schwarzwaldhochstraße liefen, eröffnet im Jahr 1930. Scheiße und Führergranit hatten die Kinder gesungen, als sie später zur Erholung hier heraufgeschickt wurden und nachts, von Heimweh geplagt, versucht hatten zu flüchten.
Ich fragte Judith, ob sie eine Signalpistole im Gepäck habe.
Die Blinde lachte und erwiderte, eine Leuchtkugel am Heiligabend sei lächerlich, sei Romantik für Ministranten.
Und wieder meinte ich ein Geräusch zu hören, das auch von einem tollwütigen Auerhahn stammen konnte, der uns, Erlösung suchend, seit geraumer Zeit folgte. Als wir in eine Senke glitten, zog sich der Schnee knisternd zusammen, ein Vorgang, der sich auf meiner Stirn zu wiederholen schien. Ich musste an Wanderungen denken, die ich als Schüler unternommen hatte, auf der Suche nach jenem Werwolf-Labyrinth. In der Dunkelheit war

ich, getrieben von Müdigkeit und stiller Panik, umgekehrt, bis zu einem Kiosk, einem mit Schindeln gedeckten Verschlag.

Er hatte Hilde gehört, füllige Tochter eines Schrotthändlers. Bei ihr durfte ich, vor dem Heizstrahler sitzend, meine Socken und Schuhe trocknen, während sie das Münzgeld zählte, gestapelt in einem Pult, das Kieswerk genannt. Es geschah wenig. Hilde Amman saß da, hielt ein Kofferradio auf dem Schoß; ihre Füße, in roten Pumps, wippten zum Takt der Musik.

Nie waren meine Schuhe trocken, die Socken meist klamm und geschrumpft. Hilde lachte und sang, mein lieber Scholli, du musst noch bleiben, du lebst auf großem Fuß. Sie stand an der Tür, in ihrer schwarzen Jacke, die bis zu den Knien reichte, ich fluchte über die vereisten Bindungen meiner Ski. Ihr Vater, das wusste ich, fuhr einen Peugeot und holte sie am Abend ab. Doch was mich wirklich beschäftigte, nein, faszinierte, waren diese Pumps, Stachel für die Erdung des massigen Körpers, als stünde der unter Strom.

Den ganzen Juli hatte es nicht geregnet, und den Wolken, geschichtet über dem Rheingraben, fehlte ein wenig Kaltluft, welche die Front auf den Schwarzwald schob. Libellen und Ameisen mochten das Knistern der elektrischen Teilchen empfangen haben, Schwalben stießen talwärts; der Platz vor dem Kiosk – leer.

Vielleicht hatte Hilde geweint, die Fäuste in die Luft gestoßen und den Alten, der in der Wirtschaft hockte, verflucht. Doch bevor der Sturm abräumte, packte ich zu, verstaute die Sonnenschirme, die Ständer mit den

Ansichtskarten und Wimpeln, sah den ersten Blitz, der züngelte weitab, wie ohne Ziel. Auf dem Boden lagen die Pumps; die Frau auf dem Hocker umklammerte ihren rechten Fuß.

Sie hatte sich am Kartenständer gestoßen; warum ich in die Hocke ging, wusste ich nicht. Ich griff zu, betrachtete die rosa lackierten Nägel, eine Farbe, die dem Fleisch geschlachteter Hasen glich – doch es war die Mischung aus Schweiß und Parfüm die mich verwirrte und streicheln ließ. Hatte der blonde Schopf genickt? Sollte ich den Sanitäter spielen?

Ich wartete, in der Hand den Pumps, bis mir Hildes Fuß entglitt, sich zwischen meine Schenkel schob, den Druck verstärkte, und vorsichtig rieb. Und als sei ich es, der Trost brauche, hob sie den Rock, zeigte den Zwickel ihres Schlüpfers; behutsam glitten ihre Finger darunter, suchten spielerisch, weiteten den Gummi, bis dunkle Haare sprossen, Pik-As.

Barmherzige Schwester! Noch hing der Schlüpfer an ihren Knöcheln, und ich hoffte, dass sie ihn über meinen Kopf zog. Der Geruch hätte mich ermutigt, ein verkrusteter Fleck die Scham gebannt. Dann wäre ich aufgestanden, mit meiner bleichen Nudel, die Frau aber hätte sich abgewandt. Von hinten? Auf dem Hocker? Oder von vorn? Den Kopf aus der Luke gereckt, als warte sie auf Kundschaft, so hätte ich sie gerne gehabt. Doch es war anders gekommen, auch zu schnell; die Sahne hing an meinem Schenkel, und die Frau stöhnte, mochte nicht mehr helfen, ließ den Finger zucken, bediente sich allein. Wir kamen langsam voran; der Wind zündete Flocken im

Gesicht. Ob ich taub sei, schrie Judith, oder blöd?
Ich starrte, konnte kaum etwas erkennen, doch hätte die Frau mit den Pumps noch einmal gegrüßt – es wäre so wenig verwunderlich gewesen wie der Haufen vor uns, der sich bewegte, was die Blinde spürte, zu deuten suchte, derweil er sich schon zu einem Sack formte. Dann wankte er näher, ich vermochte nicht zu schreien, war gelähmt von einem Rauschen in den Ohren, das überging in ein Orgelmotiv aus einer Bach-Kantate, wiederentdeckt und besungen im Jahr 1967 von einer Gruppe Londoner Methodisten, *A Whiter Shade Of Pale,* jetzt summte ich erschrocken mit.
Parole, schrie der Sack, und ließ eine Lampe aufblitzen, schwenkte einen dürren Stock.
Hirndreck, antwortete ich, wobei meine Stimme kippte, Parolen seien Hirndreck; nur im Märchen spreche der Sack.
Er heiße Fehlau, erwiderte der Sack, Achim Fehlau, Funker der NVA; Freundschaft mit den Waffenbrüdern – und leiser – zum Sendeturm sei es nicht weit.
Der Fremde kam näher, trug einen weiß-grau gefleckten Überwurf mit Kapuze, vor der Brust eine MP. Als er uns winkte, folgten wir, spürten, wie das Misstrauen schwand, sich in der Kälte aufzulösen schien.
Dass sich ein Soldat von seiner Truppe entfernte, gefiel mir; doch der Turm auf dem Berg Hornisgrinde, das wusste ich auch, war schon seit Jahren stillgelegt. Und als wollte er meine Bedenken zerstreuen, sagte Fehlau, sein Sender arbeite automatisch, werde gefüttert mit Magnetbändern, auch die Schaltungen hielten Disziplin.

Zu hören war wenig; fast lautlos glitt der Fahrstuhl hinauf, ließ kaum Platz für Rucksäcke und Ski. Wir sollten flach atmen, befahl der Funker, uns nicht anlehnen; Tautropfen, Schweiß, selbst die Angst leite fabelhaft, ließe die Kontakte schmoren, prompt hinge der Fahrstuhl fest. Wir taten wie befohlen, erst in der Sendekanzel atmeten wir durch. Judith, verstört vom elektrischen Gestöber, tastete nach meinem Arm. Um sie abzulenken, beschrieb ich der Blinden die Lorenz-Anlage; die Skalen der Empfänger schimmerten violett. Es gab auch, und ich führte sie näher, Kisten, vollgestopft mit verschmorten Spulen und Morsetasten, dazwischen Kopfhörer, aus denen Kohlegrus rann. Ob er Zimmetbaum kenne, den Trödler, fragte ich; aber der Funker antwortete nicht.

Hinter einer Mauer aus gestapelten Büchern, darunter Titel wie *Rechnen für Jungköche, Besteckpflege* und, stark zerlesen, *Der Nachtportier* – fand sich ein Lager.

Es rieche nach Ferien, sagte Judith, sie bleibe.

Später erklang ein Stöhnen. Achim Fehlau, die Hände umwickelt mit Lappen, brachte einen Topf Kartoffelsuppe. Als wir um den Tisch saßen, zulangten und das Essen lobten, begann der Soldat zu erzählen.

Er war in Beelitz stationiert gewesen, bei einem Funkmesstrupp der NVA. Von seiner Abfindung hatte er Aktien für Speiseeis und, nach einem verregneten Sommer, einen Blumenladen gekauft. Danach war er per Autostop unterwegs gewesen, musste, wie Jack Kerouac, als Wanderkellner arbeiten. Im Herbst hatte er den Turm entdeckt, sich mit den Kameraden wieder vernetzt; die neue Parole hieß Bricklebrit. Mir fielen die Hefte ein.

Warum er, fragte Judith, noch immer Krieg spiele?

Sie habe keine Ahnung, solle sich ins Knie ficken, murmelte der Soldat.

Er könne, entgegnete die Blinde, die Übung vorführen; sie lausche, lache nicht.

Fehlau schwieg.

Ob es ihm an Mut fehle, an Bildern oder Phantasie?

Sie wollte aufstehen, berührte die Hefte neben dem Teller, hielt inne, streifte sie erneut, und es schien, als verursache ihr der Stempel mit dem Adler und Hakenkreuz einen Schauder auf der Hand. Als sie das oben liegende Heft aufschlug, rutschte ein Streifen heraus, sie fasste nach, glitt über die Punkte, steckte vor Aufregung den kleinen Finger in den Mund.

„Es ist die Schrift von Braille, hervorragend getippt, aber ich verstehe nur Schrott."

Erneutes Schweigen; dann ein Knacken, als vereise draußen der Turm.

Was sie in den Händen halte, sagte ich, und meine Stimme klang mir fremd, sei ein Code; Befehle, Anweisungen des reichsdeutschen Wetterdienstes.

Die Blinde tastete über einen anderen Streifen, verglich, suchte etwas zu ordnen, was es vielleicht gar nicht gab.

Ob es sich um Ziffern- oder Lautwerte handeln könne, fragte ich, üblich beim Blender-Alphabet?

Sie sei müde, besitze keine Blindenschriftmaschine, sondern nur ein Diktaphon. Die Maschine, mit der jene Streifen getippt worden waren, werde noch von Kriegsblinden benutzt; wieselflinke Stenographen, 340 Silben in der Minute. Sie kenne einen, ehemals Panzerfahrer,

der tippe mit einer Hand.
Wer solche Maschinen baue?
Ein Auslaufmodell; mehr wisse sie nicht.
Ich muss verzweifelt ausgesehen haben, denn der Funker fragte, ob ich eine Zigarette wolle oder zwei Rutil? Im Hotel, das er manchmal nachts durchstöbere, habe er eine Schachtel mit jenen Tabletten gefunden; wer sie schlucke, spüre keine Kälte, die Probleme würden in Watte gepackt.
Langsam erloschen die Lampen, blaues Notlicht flammte auf, dazu erklang Streichermusik von einer Kassette, die vermutlich auch aus dem Hotel stammte. Judith war unter die Decken gekrochen, ich lauschte dem Funker, der Verbindung aufgenommen hatte und von einem System Rubikon sprach. Die drei Fernfahrer fielen mir ein und der Ford ohne Motor, denn einmal sagte der Funker, und es klang wie eine Prophezeiung: „Nur was schaltbar ist, wird gut!"
Eine Decke, von denen es, wie ich glaubte, genügend gab, fand ich nicht, griff stattdessen in Schnüre und Fallschirmseide, aus der getrocknete Käfer rieselten, schließlich hielt ich die Brille der Blinden in der Hand. Es schien eine geheime Übereinkunft zu herrschen, wozu die Musik, die Frau neben mir und der Funker gehörten, der vielleicht nur seiner Lust frönen wollte und ein Spanner war. Ich fror, setzte die Rußbrille auf.
Sehr gut, flüsterte Judith, die mein Gesicht streichelte, endlich begänne ich zu lernen.
Ich sei verletzt, wandte ich ein, der Kopf; außerdem hätte ich mich seit Tagen nicht gewaschen.

Strafe müsse sein; auch sie habe keine Seife im Gepäck.
Sie rückte näher, streifte mit wenigen Griffen meine Unterhose herunter, worauf entschieden säuerlicher Geruch aufstieg.
Ich solle sie streicheln und küssen, überall!
Es ginge nicht.
Schade.
Sie sei trotzdem hübsch.
Unser Atem ging schneller, hielt Takt.
„Auf Papua“, flüsterte sie, „kennt man nur so viele Zahlen, wie es Gliedmaßen und Körperöffnungen gibt. Die Vier, beispielsweise, steht für die Lippen der Vagina; die Drei hingegen bedeutet zwei Beine, ein Schwanz, also Mann.“
Ich wolle, sagte ich, mehr über jene Zahlenreihe wissen.
Judith ergriff meine Finger, schob sie abwechselnd in den Mund, wobei sie die Kuppen mit der Zunge umspielte.
Vier plus drei, fügte sie, ein wenig atemlos hinzu, stehe für Hitze, die Vereinigung von Mann und Frau; die Lösung gelte hinten und vorn.
Die Null, ein Gummi, fehle, entgegnete ich.
Sie ging tiefer, speichelte ein, ich stöhnte, jubelte zu früh, denn mit einer Sicherheit, die jeden verblüffen musste, zog sie eine hauchdünne Lulle über meinen Docht und kniff, Probe oder Vorlust, hinein.
Auf eine komplizierte, gleichsam indische Weise, so hatte ich es mir vorgestellt, wollte ich die Frau nicht bedienen, sondern einfach losbocken. Doch jetzt, während wir uns küssten, wobei jene Brille mich mutig machte, und vielleicht hatte der Funker unter unserem Lager längst eine

Magnetschleife geschaltet, mit einer scharf abgestimmten Frequenz, damit er beim Zuschauen gleichfalls Freude empfange, auch mit Hilfe von Nussöl und der eigenen Hand – jetzt wollte ich verzögern, die Lust ausdehnen, was aus falscher Vorsicht oder Peinlichkeit sonst nur selten geschah.

Noch immer wurde jene Kassettenmusik gespielt, inzwischen ein Kanon in D-Dur für Streicher von Johann Pachelbel. Es war ein schlichtes Thema, Barockmusik, in der kleine Notenwerte sich mühten, um mittels Variation und Stimmenvielfalt festliche Stimmung zu zaubern. Das eigentlich Wunderbare jener Musik jedoch war, dass nichts Unerwartetes geschah.

Im Sommer 1968 hatte ein Quartett, genannt Aphrodite's Child, Pachelbels Kanon entdeckt, geplündert und mit Strophen unterlegt; *Rain and Tears* lautete ihr Titel, Regen und Tränen, gemeint war: Rührseligkeit birgt Gefahr. Wurde jene Musik damals in der Diskothek von Salmstätt, dem Dorf aus dem ich kam, gespielt, dann pressten sich die Paare beim Tanz aneinander, die Jungen abgeknickt in der Hüfte, um im entscheidenden Moment, während der Sänger im Falsett triumphierte, ihren Docht zwischen die Schenkel der Mädchen zu schieben, was nicht immer gelang. Später wurden Taschentücher zur Tarnung entfaltet, auch ein wenig gestöhnt.

Morsezeichen schwirrten, unverständliches Gezirpe, das blaue Notlicht flackerte, erlosch. Ich trug noch immer jene Brille, fand mich nur schwer zurecht. Judith hatte sich wie eine Foraminifere zusammengerollt, eine Schnecke, die versuchte mit dem Mund zwischen ihre

Beine zu gelangen. Der Philosoph und Blitzkundler Georg Christoph Lichtenberg fiel mir ein, der behauptet hatte, dass die wichtigsten Dinge durch Röhren getan würden; als Beweise galten ihm die Schreibfeder, das Gewehr, das männliche Glied. Überhaupt, so der krummwüchsige Denker, sei der Mensch nichts anderes als ein Bündel verworrener Röhren.

Ich beugte mich tiefer, wollte mitmachen, wühlte züngelnd im Schoß der Frau. Doch wenn ich glaubte, einen Rhythmus gefunden zu haben, drängte sie zur Seite. Vielleicht hätte sie mittels einer Fasanenfeder oder hölzerner Lippenscheiben, mit denen sich brasilianische Indios schmückten, Erfüllung gefunden; Bilder, in die ich gerne eingetaucht wäre, aber schließlich gab ich auf.

Warum, fragte Judith, die Musik nicht mehr spiele?

Zwischen den Beinen? Damit sei Schluss!

Es blieb dunkel, und so war es gut. Wir lagen nebeneinander, Löffel in einer Schublade, die sich gegenseitig wärmten; ich spürte Judiths Hintern, der sich nicht mehr verschämt zusammenzog. Verteilerfinger, sagte ich, und begann zu weiten, denn es herrschte drangvolle Enge, und jetzt fand sich auch Nässe; unklar blieb, ob ich im richtigen Löchlein steckte.

Wir kamen dennoch in Fahrt, stöhnten beide, gerieten, zu allem Überfluss, in die gestapelten Bücher, wobei Judith, die oben thronte, ein Exemplar von hinten traf, was zusätzliches Feuer entfachte. Schweinereien und gestöhntes Lob waren die Folge, beides half, bis ich mich zuckend entleerte, und Judith, die eine Hand im Schoß, mit der anderen riss sie meinen Kopf hin und her, gleich-

falls den Gipfel begrüßte.
Stille. Entfernt klopfte ein Heizungsrohr, wurde leiser, gab auf. Schon an der Grenze zum Schlaf, öffnete ich noch einmal die Augen, während ein paar Wollsocken vorüber schwebten, was vollkommen selbstverständlich schien. Von jenen Socken ging eine starke Kraft aus. Es musste, sagte ich mir, ein Teil der Prüfung sein, die ich nicht bestanden hatte, eine Art Bewährung, und während ich noch überlegte, spürte ich bereits, dass ich flog. Eine Stadt tauchte auf, oder das, was davon übrig geblieben war: verschneite Dächer, Ruinen, Fabrikschlote, Parkanlagen, die inselhaften Geschwüren glichen, dazwischen der Schutt zerbombter Viertel, Straßenschluchten.
Vielleicht war, trotz der Höhe, eine Luke geöffnet worden, um den Gestank aus Benzin und erhitztem Gummi zu vertreiben. Ich fror, kontrollierte die Instrumente vor mir, deren Zeiger fehlten, teils waren die Leuchtziffern abgeplatzt. Angriffswetter, sagte jemand, und ich schaute durch die Plexiglaskanzel hinauf in den Himmel mit seinen gefiederten Wolken. Welche Stadt, wollte ich fragen, doch der Mund ließ sich nicht öffnen, und aus dem Kopfhörer kamen keine Kommandos, sondern geringelte Streifen, mit Punkten geprägtes Papier. Neben dem Sitz klemmten ein Verbandkasten und eine lederne Kartentasche, aber ich wusste, sie waren leer. Dann schwankte die Maschine, ich musste mich festhalten, griff in Stromkreise, die bloß lagen wie Adern bei einer Operation, fingerte in Kristallen und den Unterbrecherzungen der Relais.
Begleitschutz, brüllte der Kommandant, jetzt kommt doch! Hänsel ruft Gretel, der Ofen, hier Rotkäppchen,

kleiner Häwelmann – Herrgott! Und ich sah hinter mir den schwarzen Vorhang, der mich von der Besatzung trennte, wenn es sie überhaupt noch gab.
Als ich erwachte, tastete ich über den Verband an der Stirn, als müsste ich mir beweisen, dass ich noch vorhanden war; danach öffnete ich die Augen.
Sie brauche ein Stück Christstollen, flüsterte Judith, oder einen Lebkuchen. Ich solle aufstehen, bestimmt habe der Funker den Tisch gedeckt.
Die Skalen der Anlage waren dunkel. Im Vorbeigehen klopfte ich auf das Mikrophon, wollte es im Lautsprecher krachen lassen, streifte die kalten Heizungsrippen und sah, dass der Tarnanzug und die Pistole des Funkers fehlten. Dann durchsuchte ich den Küchenschrank; die Ausbeute blieb zweifelhaft: Ein Eimer, der gekörnte Brühe enthalten sollte, roch seifig, war leer. Dann gab es noch Zuckerwürfel, davon packte ich mir eine Handvoll ein.
Die Hefte hatte Achim Fehlau zurückgelassen, obenauf lag ein Zettel mit Zahlen. Als ich sie aufsagte, behauptete die Blinde, es sei ein Telephonanschluss in Mannheim; ich solle das Papier schlucken, gespeichert werde im Kopf.
Die Sonne teilte den Nebel, graue, zerpflückte Watte; es herrschte ein eigentümliches Licht. Judith trug wieder ihre Brille, der seit der letzten Nacht ein Glas fehlte. Wir stapften los, glitten im harschen Schnee. Eine Weile lief ich voraus, hielt die Augen geschlossen und dachte daran, dass der Funker auch nicht hinter das Geheimnis der Hefte gekommen war.
Um die Mittagszeit legten wir eine Rast ein. Judith, die

Hose in den Kniekehlen, fräste mit ihrem Strahl ein Muster in den Schnee. Später kauten wir Zuckerwürfel und küssten uns. Mit einer Sorgfalt, die mich elektrisierte, schob sie mir den süßen Brei mit der Zunge in den Mund. Das, sagte sie, habe noch immer geholfen und bringe außerdem Glück.

Ein streunender Hund, der uns in einigem Abstand folgte, ein Läufer beim Training oder ein älteres Ehepaar, das, gemächlich gleitend, aus dem Nebel auftauchte – so hätte ich es gerne gehabt. Doch wir blieben allein, mussten jetzt öfter aus der Spur steigen, in der Äste und Tannennadeln lagen. Dann war auch das vorbei. Wir schnallten die Ski ab, schulterten sie, traten aus dem Wald.

Als wir über eine gefrorene Wiese talwärts gingen, sah ich in einiger Entfernung Rauch aufsteigen. Vor einem Gehöft hatte jemand ein Feuer entfacht. Ein Mädchen, das schwarze Kopftuch tief in die Stirn gezogen, schaute gebannt in die Flammen. Ich verstand nicht sofort, sah den fetten Rauch und dann die Kabel und Schaltkarten, herausgerissen aus defekten Computern oder Fernsehgeräten, Schrott, den die Hitze verbog und teils zu dünnen Rinnsalen schmolz. Vielleicht wurde das Kupfer und Kontaktsilber, das grünem Likör glich, gesammelt und verkauft.

Zwei Frauen traten aus der Tür, schleppten Bettzeug, gefolgt von einem Mann mit einem Tisch. Wir sollten uns wegscheren, rief er, verpissen, sonst.

Das Kind aber starrte unentwegt in das Feuer, als gebe der elektrische Dreck ein Geheimnis preis.

Die Heimkehr der Jäger

Wer wagt, gewinnt.
Jenen Satz, der in meinem Zustand höchstens Spott hervorrufen musste, hatte ich leise und beiseite gesprochen, doch auf ein paar Männer, die um den Tisch einer Imbissbude standen, musste er gleichsam elektrisierend gewirkt haben. Wir sollten hinzutreten, hieß es, und Weihnachten feiern, schließlich seien wir alle Menschen; am runden Tisch wurde umsonst Kaffee ausgeschenkt.
Es waren Drücker, Werber einer Zeitschriftenkolonne, die es in der Pension nicht mehr ausgehalten und sich im Hauptbahnhof Mannheim getroffen hatten, wohl auch, um ihre Einsätze für das neue Jahr zu planen. Während ich Judith die Tasse näher schob, fragte einer, den sie Lurchi nannten, in welchen Geschäften wir unterwegs seien.
Wir handelten, antwortete Judith, gleichfalls mit Heften.
Im Dutzend billiger, fügte ich hinzu.
Wer unsere Kolonne führe?
Schweigen. Judith tastete nach meiner Hand.
Hochachtung, sagte Lurchi, die Blindenmasche wirke, gelernt sei gelernt; und überhaupt, im Osten bewähre sich alles; treppauf, treppab.
Gelächter brach los, die Drücker redeten durcheinander. Das Geld, hörte ich, liege auf der Straße, damit bezahle man Studium und Schulden; die Rente sowieso. Lurchi fasste die Bedienung unter, eine Frau mit toupierten Haaren, die eine Halskette aus winzigen Kerzen trug, tanzte ein paar Schritte Schieber, bekam Applaus.

Trotz der Kälte schienen die Drücker nicht zu frieren, trugen Sommerhosen und offene Jacketts. Wer ihnen zuhörte, spürte eine grauenvolle Zuversicht, notwendig, um bei dieser Arbeit zu bestehen.
Ich war weggegangen, hinunter in das Pissoir. Nachdem ich mich erleichtert hatte, wartete ich an der Rinne, lauschte dem Gestöhn zweier Männer, die über Biertripper klagten. In die ehemals weißen Kacheln hatte der Rost Muster geätzt, sich überkreuzende Parabeln, als sollten Beweise aus der Geometrie geführt werden. Dann rauschte Wasser aus den Düsen und ließ die Parabeln glänzen.
Die Drücker waren verschwunden. Die Bedienung, deren Kerzenkette jetzt glomm, räumte ab. Später kam sie noch einmal zurück, brachte auf einem Teller selbstgebackene Lebkuchen, und streichelte Judiths Hände.
Ob wir, fragte ich, das Telephon benutzen dürften?
„Ein Ortsgespräch?"
„Gewiss."
In die Bude, vollgestopft mit Bier- und Coladosen, in Folie verschweißten Würsten sowie einem Sack Pommes frites, wobei sich die Vorstellung bleicher Finger einstellte, durfte nur die Blinde eintreten. Als die Bedienung die Kasse öffnete, spähte ich durch die Luke, entdeckte neben Münzgeld und Scheinen eine Damenpistole, einen Schlagstock, der mittels Knopfdruck Stromschläge austeilte, daneben ein schnurloses Telephon. Die siebenstellige Nummer nannte Judith ohne Zögern, lauschte angestrengt, als könne sie die Bedienung, während jene die Ziffern antippte, kontrollieren. Um ihre Nervosität zu

dämpfen, hielt sie das Gerät zu weit vom Ohr, roch dann am Mikrophon, worauf die Bedienung ihr ein Stück Pizza reichte, was die Blinde abwehrte; die kalte Schmiere landete in der Fritteuse.
Ja, sagte Judith plötzlich, nein, ein Missverständnis liege nicht vor. Sie selbst habe die Nummer gewählt; der Hinweis komme von einem Funker, einem ostdeutschen Kämpfer. Ehrenwort, Achim hause in einem Funkturm. Nein, keine Adresse.
Ich verstand nicht alles, denn inzwischen ertönte Weihnachtsmusik aus Lautsprechern, und es gab Durchsagen, ein paar Sonderzüge Richtung Osten betreffend. Kurz darauf hörte ich Judith noch von einem kleinen Führer sprechen, dann verabschiedete sie sich und tauchte, als müsse das Gespräch mit dem Fremden besiegelt werden, die Stummelantenne des Telephons in das zischende Fett.
„Aufbruch“, rief ich, „Abmarsch, hopp, hopp!“
„Das Kommando der Wehrmacht gilt nicht“, antwortete die Blinde. Ich solle warten; ein Lob der Geduld.
Die Bedienung mit ihrer blondierten, nestartig getürmten Frisur, eine B52, benannt nach dem amerikanischen Langstreckenbomber, fasste Judith an den Händen, schloss die Augen und wartete. Die Blinde verstand und küsste sie auf den Mund.
Vor dem Bahnhof herrschte Ordnung; Blöcke, Wälle und Schutzgräben waren aus Beton gegossen; in der Dämmerung glich der Platz einer Startrampe für Raketen. Als wir weitergingen, fand ich einen gelben Gummistiefel, einbetoniert bis zum Schaft.
Mit wem sie gesprochen habe?

Antwort: Mit einem Mann.
Und?
Im Hintergrund seien Stimmen zu hören gewesen; ein Fest, das Foyer eines Kinos, vielleicht eine Galerie.
Ob das alles sei?
Der Mann habe eine Adresse in Käfertal genannt; Turbo-, nein, Turbinenstraße.
Wer dort wohne?
Vermutlich niemand; es handle sich um eine Werkstatt.
Wir gingen weiter, kamen an eine Straßenbahnhaltestelle. In Neuostheim gab es, laut Plan, eine Akademie für Wehrtechnik.
Dort, sagte ich, fände sich jemand, der uns helfen könne.
Sicher, antwortete Judith, aber nicht an einem Feiertag.
Die Bahn kam, wir stiegen ein. Jetzt spürte ich die Kälte und Müdigkeit, die auch den Kopf zu erfassen drohte, wollte mich neben den Sitz kauern, wo sich die Heizung befand. Judith wirkte erholt, putzte die Rußbrille mit dem verbliebenen Glas und tat, als schaue sie hinaus. Als uns in einer Kurve eine Bahn entgegenkam, wobei Funken vom vereisten Draht spritzten, tastete sie nach den Heften.
Den Weg hätten wir uns von dem Schaffner beschreiben lassen können, hatten es nicht getan. Und als sei sie noch immer unterwegs im Wald, hob Judith ihren Kopf, streckte die Zunge heraus. Jene Art der Orientierung, es mochte sich auch nur um Rechthaberei handeln, fiel der Blinden leicht. Hinter uns, behauptete sie, liege ein Friedhof; wir müssten in die entgegengesetzte Richtung. Es begann zu schneien, und im Licht der Bogenlampen schienen die

Flocken stillzustehen oder, in Schwüngen taumelnd, wieder nach oben zu schweben. Als ich Judith davon erzählte, küsste sie mich und erwischte ein wenig Rotz.
Wir liefen inzwischen auf der Straße; Autos waren kaum unterwegs. Der Schnee fiel dichter, wirbelte von vorn. Später tauchten Siedlungshäuser auf. Aus einer Wirtschaft, Name *Alt Käfertal,* ertönte hinter dunklen Scheiben Saxophonmusik. Dann war die Straße zu Ende, schlängelte sich als Pfad in eine Wiese, verschwand. Wo waren die Fabriken und Lagerhallen? Hatte die Firma *August Esch* in der Stadt nicht sogenannte Funkenzieher, Kabel für seltene Stromstärken, hergestellt?
Ob sie nicht spüre, fragte ich die Blinde, dass wir uns verlaufen hätten?
Antwort: Ihr sei kalt.
„Elende Scheiße."
„Falsch! Methan."
„Was?"
In der Nähe gebe es eine Kläranlage; sie rieche Methan. Manchmal entzünde sich das Sumpf- oder Totengas auch von selbst.
Stille machte sich breit, setzte sich aber kaum durch gegen das Rauschen der Stadt. Ich starrte in die Dunkelheit, sah keine Flammen, keinen Widerschein. Dann zog die Blinde mich fort; erst auf der anderen Seite der Straße, vor einem Haus, einem unförmigen Kasten blieben wir stehen. Waren wir richtig? Ich stieß gegen Rauhputz, der in Fladen herumlag; über uns spannte sich eine Pergola, eine elende Konstruktion, zusammengeschweißt aus Gasrohren, daran knotig verwachsene Reben.

Alfons Lurker. Hilfsmittel für Blinde. Werkstatt & Versand. Ich läutete. Judith lauschte. Drinnen blieb es still. Butzenscheiben schmückten die Tür.

Wie lange wir warten sollten?

„Keine Ahnung."

„Und jetzt?"

Das grüne Glas in der Tür, durchzogen mit Schlieren, verhieß nichts Gutes. Ich lehnte mich an die Mauer neben dem Haus, machte eine Räuberleiter und Judith kletterte hinüber.

Es gab einen verwilderten Garten. Ziegel, emaillierte Reklameschilder und Flaschen, mit denen früher die Beete abgeteilt worden waren, lagen verstreut. Die Blinde kniete nieder, hob eine der mit Erde verstopften Flaschen auf. Als Kind, sagte sie, habe sie im Winter einmal eine solche Flasche in den Küchenherd gesteckt. Kurz bevor das Glas platzte, waren die Asseln und Ohrenkneifer herausgekrochen, hatten sich, wobei das Chitin knackte, in der Glut gewälzt.

Es war zu ruhig. Wir standen an der Werkstatttür und fassten uns an den Händen, als würde ein Märchen gespielt.

„Hallo Meister", rief die Blinde, „ist jemand zu Hause?"

Und weil die eigentümliche Stille anhielt, rief auch ich nach dem Chef, mit einer mir fremden, geradezu kindlichen Stimme. Nichts geschah. Die Drehbänke, Bohr- und Fräsmaschinen standen unverrückbar fest; doch aus einer Spritzpistole tröpfelte Lack.

Auf den Werkbänken herrschte ein grauenhaftes Durcheinander. In Zigarrenkisten – Aufdruck *Weißer Rabe, Fehlfarben, Präsident* und *Mohawk,* ein Stumpen, den der Wirt

aus Nordhausen geraucht hatte – wurden Schrauben, Ritzel, Bolzen, Federn und winzige Haken, von denen nur der Meister wusste, wozu sie dienten, aufbewahrt. Im Büro bot sich uns ein ähnliches Bild: Aktenordner, Quittungen und Lieferscheine lagen überhauf; Briefe von Kunden, welche die Rücksendung ihrer reparierten Maschinen forderten, waren zerrissen, die Schnipsel wieder zusammengefügt worden. Daneben stapelten sich Lottoscheine, ausreichend für ein Jahr. In einem Anfall von Verzweiflung hatte der Meister die Zahlen von 1 bis 6 angekreuzt.
Auch Judith war fündig geworden. Sie stand an der Treppe, die hinauf ins Wohnhaus führte, vor einem Haufen Taschen, flache Schatullen, versehen mit Aufklebern, die für Skat- und Schachturniere sowie den Hörspielpreis der Kriegsblinden warben. Mit Bedacht tastete sie über die verstaubte Ware, schüttelte, lauschte, öffnete einen Deckel – und dann hielt ich jene kleine, längst ungebräuchliche Stenomaschine in den Händen, mit der eine Frau oder ein Mann irgendwann früher Verhöre und Gerichtsverhandlungen protokolliert und, wenn die Rede abriss, die Kombinationen aus sechs Punkten nach Fehlern abgetastet hatte. Für einen Moment war ich enttäuscht. Doch dann streichelte ich das zerschrammte Gehäuse, drückte ein paar Mal die Tasten, was keinen Sinn ergab.
Wir hatten gefunden, was ich brauchte.
Der Meister, sagte ich, komme heute nicht mehr zurück.
Klappe, entgegnete die Freundin; außer uns, sie spüre es, sei noch jemand hier; ein Gefühl, als stülpe sich ein Einkaufsnetz über den Kopf.

Noch immer tropfte Lack aus der Pistole, eine graue Schmiere, und neben uns tönte ein elektrischer Zählerkasten mit feinem Gesang. Radio Surinam hatten die Trödler jenen Moment genannt, wenn wir eine Wohnung, die es zu räumen galt, betraten, und in der Stille vermeintlich das Surren des Rädchens hörten. Radio Surinam bedeutete: Nervosität, Überraschung, bedeutete Schmetterlinge im Bauch. Und wieder rief Judith nach dem Meister, doch in der Wohnung blieb es dunkel, und wir stiegen zum Dachboden.
Eine Tür, die sich nur schwer öffnen lässt, dahinter der Geruch nach Staub und totem Holz; zwischen Sparren vielleicht ein Wespennest. Was sonst hätte uns erwarten sollen? Die Tür stand offen. Dann erlosch das Licht.
„Der Schalter", rief ich, „wo ist der Schalter?" und es klang, als steckte ein Stück Lebkuchen in meinem Hals. Die Blinde hatte mich losgelassen, fingerte neben der Tür. Panik stellte die Nackenhaare, ein feiner Strom, der Wangen und Hals elektrisierte, ich wollte schreien, heraus kam ein Gurgeln, denn über uns, neben der mit Fliegen verklebten Birne, hing ein Mann.
Wir waren auf die Knie gesunken. Hänsel und Gretel. Die Blinde hob ihre Hände, als wolle sie die Pantoffeln des Toten segnen. Mein Blick erfasste eine Cordhose, gespreizte Finger, unter den Nägeln Trauerdreck. Der Anblick war schwer zu ertragen: ein dicker, schmutziger Engel, der seine Ladung nicht hatte halten können und durchdringend nach Scheiße roch. Und dann schaute ich doch in das Gesicht, wollte eine Erinnerung, ein Souvenir, sah im Schnauzbart Rotz, der Mund, ein Loch, aus

dem die Zunge hing. Ein Schatten fiel über die Augen des Toten – und in diesem Moment, grausam zerdehnt, spreizte auf der Zunge, diesem dunklen Stück Fleisch, ein Schmetterling seine Flügel, pumpte – und entschwand. Bleiche Deutschmutter. Heiliger Sack. Cooka Lourus war in der Filmtechnik eine Scheibe mit ausgestanzten Mustern genannt worden, die, vor den Scheinwerfer gesteckt, bizarre Effekte auf das Gesicht des Darstellers zauberte. Cooka Lourus. Ich griff nach Judiths Arm.
Der Tote, sagte sie, die sich gefangen hatte, brauche Ruhe. Dann streifte sie die Kerzenkette über den Kopf und legte sie auf die Schwelle.
Es schneite nicht mehr. Ich stand unter der Pergola und suchte nach einer Ausrede für die Polizei, denn mit jener hatte Judith telephoniert. Vielleicht muss man vollkommen mutlos sein, bar jeder Hoffnung, damit das Blatt sich wendet, ohne dabei auf so etwas wie Glück oder einen lächerlichen Zufall zu spekulieren. An den Maler und Schöpfer von Materialbildern, den inspirierten Poeten aus Hannover, Kurt Schwitters, musste ich denken, als die Besatzung des Streifenwagens vor mir stand, da der ältere der beiden Männer, trotz Uniform und umgeschnallter Pistole, dem Künstler auf bestürzende Weise glich. Alles, so hatte Schwitters nach dem ersten Weltkrieg prophezeit, alles sei kaputt; es gelte aus Scherben und Dreck Neues zu bauen. Deutschland war verarmt, Sparsamkeit ein Gebot. Mit dem Fahrrad hatte der Künstler die Stadt Hannover durchstreift, um Material für seine Collagen zu sammeln: Drähte, Kippen, rostige Konservendosen, Plakatfetzen und ungültige Kinokarten; die

Bespannung eines Kinderwagens war genau so wichtig wie ein lachsfarbenes Korsett.

Die Angst zerstob, war nicht mehr vorhanden, obwohl mir noch immer eine Ausrede fehlte, und ich führte die beiden Männer, die nach Likör rochen, hinunter in die Werkstatt. Dort saß die Blinde am Tisch, vor sich die Maschine, als warte sie auf ein Diktat.

Ein Arzt und ein Kommissar waren eingetroffen; der falsche Schwitters erstattete Bericht. Dann wurden Zigaretten verteilt, wobei der Kommissar die Flamme an seinem Feuerzeug betrachtete, als müsse er die Blinde damit prüfen.

Ob ich den Toten noch einmal sehen wolle?

Ich nickte. Die Flamme erlosch.

Und wieder stieg ich die Treppe hinauf, Scheinwerfer beleuchteten die Szene, auf dem Boden lag die Verpackung für ein Abschleppseil. Sollte ich nervös gemacht werden, reif für ein Verhör? Der Arzt streifte dem Toten Pantoffeln und Socken ab, stieß Kanülen in die krumm gewachsenen Zehen, zog Proben – Blut, das rostigem Wasser glich.

Mitleid und Trauer waren schlechte Begleiter. Wir hockten im Streifenwagen, warteten, Atemdampf beschlug die Scheiben, Schwitters reichte uns eine Flasche Eierlikör.

Sie habe, sagte Judith, nachdem sie sich aus der Flasche bedient hatte, vorhin noch einmal telephoniert; die Nummer gehöre zum Museum für Technik und Arbeit. Paul, der Pförtner, erwarte uns.

Vielleicht wollte Schwitters eine falsche Spur legen, mögliche Verfolger verwirren; wir waren lange unterwegs. Die

Blonde hatte den jungen Polizisten gefragt, ob er zu Hause eine Freundin, Kinder oder wenigstens einen Weihnachtsbaum habe. Keine Antwort. Er zog ein Photo hervor, steckte es wieder weg. Es war Schwitters gewesen, der eine Melodie anstimmte, die Judith aufnahm. Und als sitze sie an der Orgel der Autobahnkirche, begannen ihre Finger über die Tasten und Regler auf dem Armaturenbrett zu gleiten, worauf wir singend einfielen:

„Die Nacht ist vorgedrungen,
der Tag ist nicht mehr fern.
So sei nun Lob gesungen,
dem hellen Morgenstern."

Irgendwann später, wir hatten das Lied auch zweistimmig gesungen, schluchzte der junge Polizist und wurde von einem Heulkrampf geschüttelt. Im Museum, das auf einer Anhöhe in einem Park stand, brannte noch Licht.
Schwitters war ausgestiegen, reichte Judith die Maschine, dabei küsste er sie auf die Wange.
Ich solle mich nicht zieren, sagte er, jetzt sei ich an der Reihe; Augen zu und durch!
Wer gibt nach, bietet seine Schnute zuerst dar? Mit einem flüchtigen Kuss auf die Wange wollte ich mich wegstehlen, doch Schwitters hatte verstanden und packte mich im Genick. Und während ich meinen Kopf zur Seite bog, ließ er, ein Ameisenbär auf der Suche nach Futter, die Zunge herausschnellen. Klappe zu, dachte ich oder wollte es sagen und empfing diesen pelzigen Lappen, der schüchtern balgte, wobei der Nachgeschmack des Likörs,

den wir beide gekostet hatten, ihn mutiger machte, was aber kaum nützte – denn während ich benommen am Wagen lehnte, meldete sich im Funkgerät eine Stimme. Ein Trupp Baurussen, hieß es, habe den Aufzug an einem Bankgebäude kurzgeschlossen und hänge an der Fassade fest. Schwitters stieg ein und fluchte leise; es klang wie Kommerz, oder, kein Scherz, aber vielleicht bildete ich mir das nur ein.
Wir waren erwartet worden. Als wir das Foyer betraten, gab eine Werksirene Signal, worauf Transmissionsriemen, die von der Decke hingen, umgelegt wurden, und ein Dutzend Spinnmaschinen, sogenannte Flyer, ließen ihre Spindeln rotieren. Krüppelarbeit lautete der Titel jener Ausstellung im Museum; auch entfernt, Etagen über uns, lärmten Maschinen. Und als müssten wir für das, was uns bevorstand, gewappnet werden, kamen wir zu einem Sanitätszimmer aus dem Jahr 1926. Auf dem Boden lag Stragula, in den sich eine Schicht aus Dreck und Bohnerwachs gefressen hatte, außerdem roch es nach Desinfektion. Wir grüßten stumm, lauschten, als ließen sich noch einmal die Schreie der Opfer vernehmen, die, mit abgetrenntem Arm oder die Kopfhaut skalpiert, hierher geschleppt worden waren. Ich erklärte der Freundin nichts, obgleich sich in den Vitrinen neben Mull, Schlagaderkompressen und Phiolen mit Kokain, doch jene waren niemals für Arbeiter bestimmt gewesen, auch eine Auswahl an Prothesen fand. Eine besonders elegante Konstruktion, ein Bauhaus-Arm, besaß inwendig Drähte und, anstelle der Gelenke, winzige Federn, damit der Versehrte, wie es auf einem Photo zu sehen war, Klavier spielen

konnte. Dennoch: Jenem Wunder durfte misstraut werden, und ich stöhnte leise, als peinigten mich Phantomschmerzen, wie ich es von meinem Vater kannte, wenn er nachts in der Küche gehockt war, den Oberschenkel, den wunden Stumpf aus der Trainingshose gestülpt. Es roch nach Prothesensalbe, die ihm half, Gewitter oder Geburtstagsfeiern zu überstehen, doch in jenen Nächten hatte ich den Sanitäter gespielt, mir eine Zigarette angezündet, an der ich heftig zog, um dann, und niemals schloss ich die Augen, die Glut an seinem Stumpf auszulöschen. Der Gestank nach versengtem Fleisch, dann ein Wimmern, dankbar und leise, als hätte der amerikanische Pilot die Maschine im letzten Moment hochgerissen und die Ladung in den Himmel gerotzt.

An der Tür stand ein Mann, öffnete und schloss einen Spind, in dem es, laut Aufschrift, eine Krankenbahre gab. Ob er Paul, der Pförtner, sei, fragte ich.

Antwort: Er habe in Wuppertal als Theaterregisseur gearbeitet, später auch Bohnerwachs verkauft. Die Rente sei schmal; das Museum geheizt.

Wir folgten ihm, kamen durch ein Lager für Baumwolle. Die Ware, teils feucht, lag verstreut auf dem Boden, hatte sich beuysartig verfilzt. In einer anderen Abteilung wurden Spinnmaschinen repariert. Und während wir uns den Weg bahnten, vorbei an Gelenkwellen, Konsolen oder den verbrannten Motoren einer Krempelmaschine, dachte ich daran, dass es richtig sei, die Werkstatt des toten Meisters hier aufzubauen.

Wir waren neben einem Gleis gelaufen, bis zu einer Weiche, an der eine Straßenbahn wartete. Unweit davon gab es einen Tabakladen. *Valasco, Suerdyck, Oldenkott, Gilson-Girl* und *Zuban* hießen die Päckchen in der Auslage; *Juno,* die Zigarette, mit der ich meinem Vater geholfen hatte, fehlte.

Neben der Theke, dunkel gebeizt vom Rauch, stand ein Anzünder, ein bemalter Indianer, aus dessen Kopf eine Flamme stieg. Judith hatte die Hefte und losen Streifen in einem Halbkreis auf das Glas gelegt; in der Mitte thronte die Maschine.

Sie solle tippen, befahl der Pförtner der Blinden, irgendetwas, egal.

Die trüben Augen auf die Flamme gerichtet, begann sie zu schreiben, wurde schneller, während der Pförtner den Prägekopf, ein kleines, prankenhaftes Widerlager, abschraubte, worauf die sechs Stichel in die Luft stießen.

„Wenn die Punkte ihr Geheimnis nicht preisgeben", sagte er, „dann gilt der umgekehrte Weg: Die alten Streifen werden eingespannt und über die Stichel geführt."

Sie verstehe, pflichtete die Blinde bei, die Tasten bewegten sich wie von selbst; darauf schaukelten die Buchstaben. Ich war fasziniert, spürte meine feuchten Hände, als der Pförtner einen Streifen in die Maschine fädelte und daran zog. Und tatsächlich bewegten sich die Tasten im punktierten Rhythmus auf und nieder, ein wenig träge noch, als fehle Schmierfett, doch die Finger der Blinden lasen bereits.

Nach einer Weile, wir hatten gebannt geschaut, brach die Frau den Versuch ab.

Es sei, fluchte sie, der gleiche Dreck wie zuvor. Diese Brezel-Logik, diese programmierte Scheiße, ergebe keinen Sinn.

Die Flamme über dem Kopf des Indianers zuckte, drohte zu verlöschen; vielleicht war der Gasschlauch porös, hatte einen Riss.
„Der Meister", sagte ich leise, „hat auf den Lottoscheinen nur die Zahlen von eins bis sechs angekreuzt. Die Maschine, die Leertaste in der Mitte mitgezählt, hat aber sieben Hebel; Zufall, System oder Goldener Schuss?"
Ob ich es selbst probieren wolle, fragte Judith.
Der Pförtner winkte ab. Aus seiner Jacke hatte er eine Nagelfeile gezogen.
Die Organistin, befahl er, solle weitermachen.
Und während er wieder an jenem Streifen zog, klemmte er die Nagelfeile unter den Hebel rechtsaußen, der sofort blockierte, worauf die Leertaste, so schien es, dankbar zitterte, und nun ihrerseits einen Stichel antrieb.
Es mochten vielleicht ein Dutzend Streifen gewesen sein, die der ehemalige Regisseur durchgezogen hatte, als die Blinde erneut inne hielt. Sie fuhr sich mit der Zunge über die Lippen und tastete nach dem Anzünder, jenem lasierten Indianer. Dann hielt sie ihre Finger in die Flamme, die nicht erlosch.
Sie habe sich vergewissern wollen, sagte sie, dass noch alles vorhanden sei: die Maschine, die Hefte, das Feuer. Was sie auf den Streifen lese, sei unglaublich; Dreck aus einem irren Hirn.
Um was es sich genau handle, fragte ich.
„Ein Plan für eine Geburtstagsfeier."
„Glückwunsch", sagte der Pförtner. Wie das Geburtstagskind heiße?
„Heinrich Himmler."

„Und?“
„Berlin, Olympiastadion, 1944.“
Die Feier sei gelaufen, sagte der Pförtner, aus und vorbei. Einen der Gäste, fügte ich hinzu, würde ich vermutlich kennen; schon deshalb müsste ich zurück nach Berlin.
„Allein?“
Ich nickte. Und in diesem Moment, der Schlauch war wohl endgültig kaputt, zuckte die Flamme über dem Kopf des Indianers auf und erlosch.

Doppelblitz

Licht hatte das Abteil in gleißendes Blau getaucht, danach wieder Dunkelheit. Ich spürte eine Starre, die von den Beinen aufwärts kroch, wollte die Arme anwinkeln, meinen Kopf schützen, als drohten Schläge.
Es mochten auch Stimmen hereingeweht sein, Kommandorufe; vielleicht war der Zug an einem Trupp Gleisarbeiter vorbeigefahren. Ich versuchte zu ordnen, was geschehen war und noch folgen würde. War ich allein im Abteil? Besaß ich Geld, eine Fahrkarte, falls ja, wer hatte sie bezahlt? Noch immer trug ich die verluderte Kleidung des Rentners, und während ich die Taschen durchwühlte, unter der Decke tiefer ging, stieg wieder der Geruch auf, der mich mutig machte, jene Mischung aus Lysol und altem Schweiß.
Keine Geschichte ist jemals abgeschlossen. Für den Angriff auf Polen hatten die Meteorologen das richtige Wetter vorhergesagt; gleiches würde für Frankreich, Norwegen oder Kreta gegolten haben. Doch dann kam Stalingrad, die Niederlage, von der sich auch die deutsche Wetterforschung nicht mehr erholen sollte. Der Führer, hieß es, wird das Reichswetteramt auflösen, die Herren an die Front schicken, dort können sie die Temperatur messen.
Joachim Pasch hatte mit dem Strahlenkranz experimentiert und bis zum Schluss auf eine militärische Nutzung gehofft. Und ziemlich sicher hätte eine Einheit Gebirgsjäger jenes strebenartige Gestell, das auf den körnigen, schwarzweißen Photographien stets ein wenig lächerlich

wirkte, verwenden können. Doch die Eingaben des Konstrukteurs, betreffs einer raschen Aufnahme der Produktion, wurden strikt abgelehnt.
Ab Herbst 1944 befehligte Heinrich Himmler die deutschen Abwehrstellungen im Südwesten des Reichs. Mit seinem Stab residierte er in einer sogenannten Feldkommandostelle, einem Sonderzug, der auf dem Gleis der Schwarzwaldbahn nahe dem Bahnhof Triberg abgestellt war. Wurden feindliche Bomber gemeldet, verschwand der Zug in einem Tunnel.
Nur ein paar Eingeweihte hatten davon gewusst. Doch ich wollte mir vorstellen, wie Himmler dort oben in seiner Zentrale gehaust hatte, die Landkarten auf getäfeltem Holz, Projektoren, kastenweise Dias aus dem Osten und in den Rollschränken die furchtbare Ordnung der Akten. Er verfügte über einen Leibkoch, und die wenigen Besucher, die noch empfangen wurden, waren stets überrascht von der Küche. Ein Soldat mit weißen Handschuhen legte von der Servierplatte nach – vielleicht Hirschmedaillons oder Kalbsbries – und Himmler, der kein Fleisch mochte, den Wein mit viel Wasser verdünnte, ermunterte den Gast, lobte dessen Appetit. Was sich nur schwer in die Vorstellung fügte, war, dass er einen Wetteroffizier, einen unbedeutenden Forscher, dort oben empfangen hatte.
Die Angst, und mit ihr die Entlastung, bringt Vergessenes manchmal zurück. Wieder war der Zug nachts in den Tunnel rangiert worden; Rauch, der nur langsam abzog; Notlicht; Nässe an den Wänden. Niemand, so lautete der Befehl, dürfe aussteigen, doch Heinrich Himmler, der

unter Platzangst litt, verließ den Waggon. Es mochte genügen, dass er die kalte Luft spürte, die vom Tunnelportal hereinzog, um sich zu beruhigen.
Er musste schon ein paar Schritte gegangen sein, als er nach der feuchten Wand tastete, an der Strom- und Telephonkabel hingen, und erschrocken lauschte, als summe es heftig in den Drähten: Da war eine Ahnung, ein dumpfes Gefühl – und entgegen seiner Absicht, denn niemand sollte merken, dass er es war, der durch den Tunnel tappte, ließ er seine Lampe aufscheinen – wankte, spürte den Sud, der aus dem Magen stieg, riss noch die Hand zum Mund, bespritzte seine Stiefel.
Es konnte ein Versehen, eine Nachlässigkeit gewesen sein, dass jener Karren mit dem Fass, in dem die Fäkalien gesammelt, und das am Abend in einer Grube im Wald entleert wurde, dort mit offenem Deckel neben dem Gleis stand. Himmler hatte sich, stellte ich mir vor, während er noch einmal würgte, an das verschorfte Blech gelehnt, worauf jenes Summen wieder anschwoll und sich Fliegen aus der Scheiße erhoben, eine schwarz schillernde Wolke, die um seinen Kopf brauste und ihn, während er vorsichtig weiter ging, bis zum Ausgang des Tunnels begleitete. Später, als er mit dem Taschentuch tupfte, erinnerte er sich an den Meteorologen, der ihm zu seinem Geburtstag einen Versuch hatte widmen wollen, und jetzt wusste er, er würde zustimmen. Denn es musste Licht herrschen, blendend weißes Licht! Das Zeichen des Ordens. *Der Doppelblitz.* Der sollte niederfahren über die Verräter, und der Strahlenkranz würde, wenn er es befahl, die Strafe verhindern.

Ich hatte mich aufgehockt. Die Leselampe verströmte weiches Licht. Außer mir hatte noch jemand im Abteil geschlafen; die Decke war nachlässig zusammengelegt. Am Fußende der Pritsche stand eine Ledertasche, wie sie Hebammen und Landärzte früher für ihre Instrumente benutzt hatten. Als ich sie öffnete, schlug mir ein bitterer Geruch entgegen, Kernseife oder das Gewürz Lorbeer, etwas in der Art.

Ich musste lange vor der Tasche gestanden haben, in der, außer den Heften, nichts war. Ein wenig schwankend, dabei das Schaukeln des Waggons ausgleichend, kniete ich nieder, holte Luft und senkte den Kopf hinein. Der Geruch; das Seidenfutter; die grauen Hefte. Ich atmete verhalten, spürte den Schorf auf der Stirn, der juckte und den ich gern abgekratzt hätte. Ein feines Rauschen setzte ein, blieb unwirklich, atmosphärisch fern.

Durch den betonierten Gang waren zwei Männer getrabt, kaum dass sie die Köpfe hoben. Trotzdem sahen sie die Soldaten in den schwarzen Uniformen; die Gewehre; nicht die Augen, jene wurden beschattet von den Helmen. Draußen, im Stadion, ertönten Kommandos. Die beiden trabten weiter, kamen auf die Aschenbahn, hopp, hopp! Regen hatte die Kreidemarkierungen weggeschwemmt. In der Höhe des Strafraums waren zwei Pfähle eingerammt, über die sich Kabel spannten.

Junge Häftlinge, technisch begabt, hatte der Offizier des Reichswetteramts, Joachim Pasch, angefordert, und vielleicht waren die beiden Franzosen oder Polen während der Spätschicht aus einer Fabrik abgeholt worden. Im Südosten Berlins, am Görlitzer Ufer, gab es labyrinthi-

sche Keller, in denen Zünder für Granaten, Benzinpumpen oder Radioröhren gefertigt wurden. Während die beiden auf den Wagen stiegen, mochten sie noch einmal hinüber zum Kanal geschaut haben. Der Bug eines Schleppkahns, rostig, verbeult, mit abgeschlagenen Nieten, ragte aus dem Wasser; schwer zu entscheiden, ob ein Fleck Mennige warnte oder Hoffnung gab.
Sirenen hätten heulen können, ein Angriff, der die Wachmannschaft und Häftlinge zur Umkehr zwang. Oder, auch möglich, ein Verhau aus umgestürzten Strommasten, Drähten und Kandelabern, der Schutt einer Häuserfront, auch ein Omnibus, der noch brannte, hätte ihnen den Weg versperrt. Über Umwege wären sie vorangekommen, schließlich vor einem Loch stehen geblieben, aus dem Helfer die verrenkten Leiber von Kindern und Frauen zogen; die Schächte der U-Bahn hatten lange Zeit als sicher gegolten.
Doch der Wagen musste durchgekommen und den Kaiserdamm hinuntergefahren sein, bis zum Olympiastadion. Und als gäbe es eine Art Zeitfenster, das noch immer offen stand, sah ich den Stadionelektriker in seinem Kabuff, gebeugt über Pläne, verwirrende Blaupausen, die zeigten, in welche Richtung der Strom fließen musste, damit genügend Spannung transformiert und drunten im Stadion verpulvert werden konnte.
Irgendwann musste Schluss sein. Es dämmerte bereits; und Heinrich Himmler war auch nicht erschienen. Die Offiziere und Ärzte, stellte ich mir vor, unterhielten sich leise, während Pasch zu den Häftlingen ging, deren Namen ich nicht kannte, um noch einmal die Riemen an

den Fuß- und Handgelenken zu kontrollieren. Worte wie Erdung, Induktion, Leitbündel oder Koch-Feld mussten gefallen sein. An die Kommandeuse des KZ Buchenwald, Ilse Koch, konnte gedacht werden; die ausgezeichnete Reiterin und Nymphomanin hatte sich bei ihren Dressurübungen stets von einer Musikkapelle begleiten lassen. Wenn ihr Figuren missrieten oder das Pferd scheute, wurden die Häftlinge, und es geschah völlig beliebig, grausam gestraft.
Noch einmal würde Joachim Pasch zum Marathontor und dann die Ränge hinaufgeschaut haben; umsonst; sein Ehrengast fehlte. Und als solle ihm die Entscheidung abgenommen werden, begannen stadteinwärts die Sirenen zu heulen. Hatte er aus jener Kiste, in welcher der Strahlenkranz transportiert worden war, eine gelbe Fahne geholt; oder, ein wenig lächerlich zwar, aber genauso wirksam, mit seinem Taschentuch das Signal gegeben? Auf jeden Fall musste er mit schnellen Schritten zurückgeeilt sein, über den Rasen, bis zu den Gummilaken, die als Isolierung dienten, und auf denen seine Gäste standen.
Aschenbrödel hieß die Versuchsreihe. Hatte er das märchenhafte Wort geflüstert oder nur daran gedacht? Abseits standen die Schuhe der Häftlinge, unförmige Holzpantinen, als könnten sie, wenn alles beendet war, wieder in jene hineinschlüpfen und weggehen. Ein Summen war zu hören, ein elektrisches Knistern, das sich verstärkte und die erste Stufe ankündigte. Jetzt blickten die Herren auf das Instrument, ein Amperemeter; der fadenfeine Zeiger zitterte, während, es wäre ohne Fernglas höchstens zu

erahnen gewesen, die Haare auf den Armen der Häftlinge sich sträubten, die Zähne hart aufeinander schlugen. Und während Joachim Pasch sich über Stirn und Schläfen strich, als leide er unter Kopfschmerzen – in diesem Moment, denn länger brauchte es nicht zur Transformation, entlud sich der nächste Stoß.
Es war nicht das Ende. Der Strahlenkranz hatte sich bewährt, die Spannung abgeleitet, weshalb die letzte Stufe geschaltet wurde. Zwei Perlschnurblitze, die dreifache Ladung, so wollte es der Offizier in seinem Protokoll, sollten gegeneinander abgefeuert werden, getrennt niederfahren, die Luft verbrennen, SS. An dieser Stelle endete das Protokoll. Doch keine Geschichte ist jemals abgeschlossen.
Die Haare klebten mir an der Stirn, Schleim rann aus der Nase, die Augen, ich ahnte es, waren gerötet; ich hatte geweint. Als sich die Schiebetür öffnete, kniete ich noch immer auf dem Boden. Vor mir stand ein Schaffner, der die Uniform der Deutschen Reichsbahn trug.
„Dieter Booth“, stellte er sich vor, „Schlafwagenphilosoph. Sie sind in Mannheim zugestiegen.“
Er gab mir einen Fahrschein, ohne Rückfahrt.
Ob ich etwas zu trinken oder Zigaretten brauche; auch ein Gespräch sei möglich; er sei noch im Dienst.
Ich zögerte. Auf den Kragenspiegeln seiner Jacke fehlte das Emblem der Reichsbahn, jenes Rad mit den gefiederten Schwingen; stattdessen steckte dort ein winziges, stilisiertes Buch.
Ob er tatsächlich Schlafwagenphilosoph sei?
Ich solle mitkommen.
Aber gern.

Am Ende des Waggons gab es ein Abteil mit roten Samtvorhängen. Drinnen herrschte Enge, was an den drei ledernen Clubsesseln lag, die um einen Rauchtisch gruppiert waren. Eine Pendelleuchte mit einem marmorierten Schirm musste höher gehängt werden, um die kleine Bibliothek an der Wand eingehender zu betrachten. Es waren Taschenbücher, schmale, zerlesene Exemplare, und ich war nicht einmal besonders neugierig, als ich einen Band des Philosophen Georg Wilhelm Friedrich Hegel herauszog; die Vorlesungen zur Philosophie des Geistes von 1805/06, besser bekannt als *Jenaer Realphilosophie.* Der eifrige Leser oder Student hatte sich zahllose Vermerke mit Bleistift an den Rand geschrieben, teils wieder durchgestrichen; allein diese Lektüre hätte sich schon gelohnt.

Ich solle mich setzen, sagte Booth, er sei bereit.

Auf den Tisch hatte er Gläser und eine Flasche Wein gestellt, ein Elsässer Traminer. Außerdem gab es Zigaretten, Weißbrot und etwas, das getrockneten Sardinen glich. Wir prosteten uns zu und tranken.

Wohl um das Schweigen abzukürzen, schob mir der Philosoph ein Blatt Papier zu. Es war ein Formular, auf dem der nächtliche Gast die gewünschte Zigarettenmarke, Getränke sowie Thema und Dauer des Gesprächs vermerken sollte.

Ich müsse nur meinen Namen einsetzen, sagte Booth, alles andere sei geregelt.

Ob es seinen Beruf schon lange gebe?

Der russische Schriftsteller Isaak Babel, antwortete Booth, habe den Beruf in Erwägung gezogen. Aber auch

in einem Buch von Bulgakow, Titel: Philosophie auf Rädern, fänden sich Hinweise. Die Deutsche Reichsbahn habe vor drei Jahren einen Versuch gewagt, doch die Bemühungen kämen zu spät. Er sei nur vorübergehend angestellt, werde nach Ablauf der Frist arbeitslos.
Wir schwiegen erneut, tranken. Zwischen uns lag der Band von Hegel. Ich schaute zu meiner Ledertasche. Noch einmal schenkte der Philosoph nach, elegant wie ein Kellner im Straßburger Restaurant *Haus Kammerzell.* Ich nahm das Buch, blätterte wahllos, Abschnitt -b-, Der Wille, blätterte weiter, nur wenige Seiten, und las:

> „List ist etwas anderes als Pfiffigkeit.
> Das offenste Handeln ist die größte *List*
> (wir müssen sie in ihrer Wahrheit nehmen)."

Nach einer Weile fragte der Philosoph, warum mir diese Stelle wichtig sei und ob sie mit meiner Reise in einem Zusammenhang stünde.
Ich schwieg, wollte nicht noch einmal von der Prüfung, die ich nicht bestanden, und auch nicht von unserer Fahrt nach Nordhausen erzählen, die böse geendet hatte. Ich trank, zupfte an einer Scheibe Weißbrot, legte die harte Rinde zurück.
Doch, sagte ich plötzlich, und war selbst überrascht, das Zitat habe mit meiner Reise zu tun. Ich sei durch die Prüfung gefallen, ohne Diplom, das Leben verpfuscht.
Keine Philosophie des Mitleids, entgegnete Booth. Geweint hätte ich genug.

Draußen wurde es hell. Kiefernwälder, Buschinseln, ein See, das Ufer vereist. Warum sollte ich schweigen?
„Ich werde“, sagte ich, „meinen Prüfer, diesen ehemaligen Offizier, noch einmal zur Rede stellen. Jetzt sind die Beweise gegen ihn erdrückend. Er wird ein Geständnis unterschreiben, oder ich veröffentliche das.“
Ich nahm ein Heft aus der Tasche, legte es auf den Tisch.
„Ein erpresstes Geständnis? Lächerlich. Wo bleibt die List?“
Die Flasche war leer. Ich nahm eine Sardine, betrachtete die eingetrockneten Augen, legte sie zurück. Ich hatte Joachim Pasch zu einem Treffen in das Berliner Olympiastadion bitten wollen. Der Ort des Schreckens sollte ihn zum Reden bringen. Der Einfall war nicht pfiffig, sondern dumm.
Die ersten Stellwerke tauchten auf, S-Bahn-Wagen, die gesäubert und zusammengekuppelt wurden; später Brandmauern, teils mit alter Reklame bedeckt; Parkhäuser und wieder Brandmauern; wir fuhren durch eine Schneise in die Stadt Berlin. Der Schlafwagenphilosoph hatte den Tisch abgeräumt; den Rest Weißbrot, jene harte, ovale Rinde, steckte ich ein.
Es war grausam kalt, als wir am Bahnhof Friedrichstraße aus der Halle traten; schneidender Wind. Dieter Booth hatte seine Dienstmütze tief ins Gesicht gezogen, was auch den Abschied erleichtern mochte. Als er mir die Hand gab, hielt ich sie einen Moment länger als nötig fest.
Ich hätte, sagte ich, kein Geld, und die wenigen Freunde seien vermutlich in Ferien. Ich bräuchte ein Bad, eine heiße Dusche, später ein Telephon.

Ob ich das Russenbad in der Behrenstraße kenne?
Nie davon gehört.
Er bringe mich dorthin, doch zuvor müsse er noch sein Gepäck abstellen.
Das Wohnheim der Reichsbahner lag in der Nuschkestraße, ein verwinkelter Bau, der, zu allem Überfluss, nur über den Hinterhof zu erreichen war. Es gab einen Hausmeister, mit dem Booth kurz sprach. Der winkte, stellte das Telephon auf den Tresen. Ich musste die Auskunft anrufen, hatte kein Papier, notierte mir die Nummer auf den Arm. An den Wänden hingen großformatige Photographien, darauf abgebildet Bremser, Stellwerker, Heizer, Glüher und Kokser – Berufe, die es inzwischen nicht mehr gab. Für einen Moment war ich verwirrt, glaubte, ich hätte mich verwählt: Musik erklang, ein paar Takte aus dem Brandenburgischen Konzert, dann die Stimme von Joachim Pasch. Es war kalt in der Vorhalle, ich trug keinen Mantel, begann dennoch zu schwitzen.
Jetzt, hieß es, könne ich sprechen.
„Keine Geschichte", sagte ich, „ist jemals abgeschlossen. Inzwischen weiß ich fast alles über die Versuche im Olympiastadion; nur die Namen der Opfer fehlen. Auch darüber würde ich mich gerne unterhalten."
Der Hausmeister, der im Kursbuch der englischen Eisenbahn, dem *Bradshaw,* blätterte, hatte aufgeschaut. Ich schwitzte, brauchte ein Taschentuch, fand nur die harte Brotrinde, und jetzt wusste ich, wo ich mich mit Pasch treffen würde.
Vermutlich liebte die Bademeisterin aus dem Russenbad den Philosophen und steckte ihm manchmal getrocknete

Sardinen oder eine Flasche Wodka zu. Als wir im Foyer standen, der Philosoph hatte mir vorsorglich seinen Mantel umgehängt, winkte uns die Frau herbei, fragte nach einem Diplom, zumindest verstand ich es so, und zeigte auf eine vergilbte Badeordnung hinter Glas.
Der Eintritt für die Reichsbahner, sagte die Frau, sei umsonst; dabei lachte sie und vollführte ein paar Boxhiebe.
Dann stiegen wir eine Wendeltreppe hinauf, kamen vorbei an hölzernen, weißlackierten Türen.
Ich wollte sauber sein, ausgiebig duschen, fand eine Plastikhaube, ein albernes, pharaonenhaftes Ding, das ich überstreifte, in die Stirn zog, damit es die Narbe schützte. Die Schwimmhalle war klein, hatte kein Sprungbrett, dafür einen Wickeltisch. Der Philosoph schwamm bereits, zog seine Bahnen, unterhielt sich mit einer Schönen, die ihr Haar aufgesteckt trug. Er sprach russisch, ich verstand nichts, auch spielte inzwischen jemand Akkordeon.
Es war spät geworden, wir standen im Foyer. Arina, die dicke Bademeisterin, kam zu uns herüber, tätschelte dem Philosophen die Wangen. An manchen Tagen, er hatte es gebeichtet, steckte sie ihm Salzgurken, Paprika und jene getrockneten Sardinen zu. Ich schaute an mir herunter: Die Hose und Jacke des Rentners Kienholz, die ich noch immer trug, hatten gelitten; die Schuhe passabel; die Ledertasche auffällig, ein Liebhaberstück; beim Trödler hätte ich einen guten Preis erzielt. Ich streckte sie der Bademeisterin entgegen.
„Die Tasche ist unbequem“, sagte ich, „nicht zu gebrauchen, sie stört. Ich lasse sie hier, hole sie morgen ab.“

„Porno?!“ Sie wehrte ab.
„Nein, keine Pornos, nur saubere Ware; Schulhefte für Kinder; ich bin Lehrer.“
Sie nahm mir die Tasche ab. Dem Philosophen streichelte sie über das Haar.
Draußen war es bitterkalt; der Wind hatte zugenommen. Ich schlug den Kragen hoch. Unter meinem Arm klemmten Prospekte, die ich im Foyer entdeckt hatte, auf denen für Balalaikakurse, ein Übersetzerbüro und Kosakenstiefel geworben wurde; es war ein festes, holzhaltiges Papier.
Ich solle Hegel nicht vergessen.
Die List!
Richtig. Und beim nächsten Mal würde gefeiert.
Gewiss.
Dann hängte mir der Schlafwagenphilosoph seinen schweren Mantel um, tippte, als könne er den Strom für eine Steuerung einschalten, auf den oberen Messingknopf, und ging weg.
Es blieb mir noch etwas Zeit; ich ging zum Alexanderplatz, hinunter auf den Bahnsteig. In der Manteltasche steckte eine abgerissene Kinokarte und, ich zählte die Münzen, insgesamt zwölf Mark. An einem Imbiss bestellte ich Erbsensuppe und Kaffee. Neben den Teller legte ich die trockene, gekrümmte Brotrinde.
Es musste am Anfang des Studiums gewesen sein, ein Sonntagnachmittag im Winter, als ich die Umgebung von Kreuzberg erkundet hatte. Ich war vom Südstern die Lilienthalstraße hinaufgegangen, vorbei an Gärten und Friedhöfen, als ich plötzlich vor einem See stand. Allein die ovale Form ließ vermuten, dass es sich um eine künst-

liche Anlage handelte. Es war eine Radrennbahn gewesen, Rütt-Arena oder Nudeltopp genannt; im Laub fanden sich Reste von Holzdielen. Die Bahn hatte als besonders schnell gegolten, war im Krieg abgebrannt, wurde später von den Amerikanern auf dem nahen Flughafen Tempelhof als Löschwasserbecken benutzt. Es gab einen unterirdischen Kanal, an den, wurde behauptet, auch die Toiletten angeschlossen waren. Im Sommer stank es nach Fäulnis, die Kleingärtner freuten sich, und schöpften Dung. Zu jenem Becken hatte ich Pasch bestellt.
Ich war am U-Bahnhof Gneisenaustraße ausgestiegen. Es herrschte wenig Verkehr. Ein paar junge Türken feuerten, obgleich erst morgen Sylvester war, Leuchtraketen in den Himmel. Die Läden vor Zimmetbaums Keller waren geschlossen, keine leeren Bierflaschen oder ein vergessener Spachtel, nichts. Ich kam an der Polizeikaserne in der Friesenstraße vorbei, ging nach links. *Kleeblatt, Guter Wille* und *Morgenrot* hießen die Gartenkolonien; selbst in der Dunkelheit wirkten die Parzellen geradezu ordentlich. Ich ging weiter, überstieg einen Zaun, ging hinunter zum See.
Ich war zu früh, zog die Russenprospekte aus dem Mantel; verdeckt gehalten, waren sie von den grauen Heften kaum zu unterscheiden. Ich räusperte mich; im entscheidenden Moment wollte ich nicht mit verzagter Stimme sprechen. Die Wege zum Herrn, würde ich zu Pasch sagen, sind oft wunderlich. Und dann konnte ich ihm die Geschichte von Jeff Thorpe erzählen, einem Meteorologen aus Cheshire, England, dessen Asche, anlässlich der Beerdigung, von seiner Familie und den besten Studen-

ten in 28 Feuerwerksraketen gefüllt und in den nächtlichen Himmel geschossen worden war. Ich musste über den Einfall lachen.
Von vorn kam ein Geräusch. Es war ziemlich unwahrscheinlich, dass sich der alte Mann, und es musste sich um Pasch handeln, allein hierher wagte. Und dann sah ich ihn doch, wie er näher kam, in einer unförmigen, grünen Jacke, wie sie Jäger oder Fischer trugen. Nur keine Eile, wollte ich sagen, und dann, ich musste ihn im Auge behalten, hörte ich ein Zischen, drehte mich weg, nicht schnell genug, da traf mich der Schlag von hinten auf den Kopf. Ich schrie, glaubte, mein Schädel müsse bersten, Leuchtspur, die im Rohr klemmte, riss die Augen auf, während Feuchte das Genick hinunter rieselte, und jetzt, schon auf den Knien, erkannte ich den General. Ich wollte etwas sagen, da traf mich der zweite Schlag, schon härter, mit Wucht, worauf die Narbe an der Stirn platzte, wollte die Hände heben, aus.

Inhalt

ISBN: 3-9804 636-8-0
Umschlagentwurf: Tilmann Krieg
Photo: Jürgen Kiefner
Herstellung: Druckerei Weber, Freiburg

Drey-Verlag
Am Buck 2
77793 Gutach